小学館文庫

鴨川食堂おかわり

柏井 壽

小学館

目次

鴨川食堂おかわり

第一話　海苔弁

1

　京阪本線の七条駅で特急電車を降りた北野恭介《きたのきょうすけ》は、地上に出て鴨川《かもがわ》の流れを見渡した。大分から大阪に移り住んで五年になるが、京都へ来るのは初めてだ。

　白いポロシャツの袖口からはみ出る二の腕に、大学の名がプリントされた、紺色のボストンバッグの持ち手が食い込む。太い首には幾筋も汗が流れる。鴨川の水面から

照り返す陽射《ひざ》しに、恭介は顔をしかめながら、地図を片手に西へ向かって歩き出した。河原町《かわらまち》通を越えたところで、恭介は地図を何度も回し、それに合わせて身体《からだ》の向きを変えた。目を左右に忙《せわ》しなく動かし、首をかしげる。

「すみません。東本願寺て、どっちに行けばええんですか」

岡持ちを下げ、自転車にまたがる男に訊《き》いた。

「東本願寺やったら、真《ま》っ直《す》ぐ行ったらええ。烏丸《からすま》通渡って右や」

西を指差した後、男はペダルを踏んだ。

「正面《しょうめん》通に面した食堂へ行きたいんですが」

走り出した自転車を追いかけて、恭介が訊いた。

「鴨川はんとこか？」

ペダルから足を離して、男が訊いた。

「そうです、そうです。『鴨川食堂』」

恭介が地図を見せた。

「それやったら三筋目を右に曲がって、二筋目を左。左側の五軒目や」

きっぱりと言って、男の自転車は走り去った。

「ありがとうございます」

大きな声を上げて、恭介はその背中に最敬礼した。

指折り数えながら、通りを越え、やがて目指す店に辿《たど》り着いた。看板などは一切なく、素っ気ないモルタル造りの二階屋。聞いていたとおりの店構えだ。恭介は、胸に手を当て、三度ほども大きく深呼吸した。

「こんにちは」

引き戸を開けると同時に、恭介は大きな声を上げた。

「いらっしゃい」

カウンターを拭きながら店の主《あるじ》が振り向いた。意外にも人懐っこい顔だ。

「食を捜していただきたくて参りました」

声を上ずらせ、恭介が頭を下げた。

「そない緊張しはらんでも、取って食べたりはしまへん。どうぞおかけください」

微笑《ほほえ》んで、主の鴨川流《ながれ》がパイプ椅子を奨《すす》めた。

「ありがとうございます。失礼します」

ホッとしながらも、ロボットのような動きをして、恭介は赤いビニールシートに座った。

「メシはどないです？　お腹《なか》の具合は」

流が訊いた。

「何かいただ、いただける、んですか」

恭介は口を強《こわ》ばらせ、舌を嚙《か》みそうになった。

「せっかく来てもろたんやさかい、食を捜す前になんぞ食べてもらわんと」

言い置いて、流が厨房《ちゅうぼう》に向かった。

「学生さんでしょ。バリバリの運動部員。そやなぁ、剣道か柔道。違う？」

ブラックジーンズに白いシャツを羽織り、ソムリエエプロンを着けた流の娘、こいしが訊いた。恭介に冷茶を淹れる。

「ちょっと違います」

恭介がいたずらっぽい笑みを浮かべた。

「けど、この筋肉は武道で鍛えたんやろ？」

こいしが恭介の二の腕を摑《つか》んだ。

「もうちょっとヤワです」

グラスの冷茶を飲み干し、恭介は氷を嚙みくだいた。

「京都の学生さん？」

「いえ、大阪から来ました。近畿体育大学の北野恭介です」

立ち上がって恭介が挨拶した。

「どっかで見たことあるなぁ」

こいしがまじまじと恭介の顔を見る。

「どこにでもある顔なんと違いますか」

照れたように恭介が白い歯を見せた。

「うちのことはどうして知らはったん？」

「今は大学の寮に住んでいて、毎日メシはその寮で食べています。僕が昔食べたご飯のことを話したら、オッチャンが作ってくれたんです。でも、昔の味とは違って……。オッチャンにそう言うと、ここのことを教えてくれたんです。『料理春秋』という雑誌の広告を見せてくれて」

「そうやったん」

こいしがテーブルを念入りに拭いた。

「これでも若い人には物足りんかもしれんなぁ」

ひとりごちてからアルミのトレーに載せて、流が料理を運んで来た。

「足らなんだら言うてくださいや」

トレーごとテーブルに置いた。

「凄《すご》いです」

鼻息を荒くして、恭介は料理に見入っている。

「ご飯は山形のつや姫。大盛りにしてます。おつゆは豚汁にしました。わざわざ京野菜というほどやおへんけど、根菜もようけ入ってます。大皿のおかずは和食と洋食の折衷ですわ。鱧《はも》に梅肉と大葉を挟んでフライにしてます。万願寺とうがらしも一緒に揚げてます。わしが作ったウスターソースを掛けて召し上がってください。小鉢に入っているのは鯖《さば》の味噌煮《みそに》。ミョウガを刻んで添えてあります。京都牛のローストビーフは山葵醤油《わさびじょうゆ》を付けて焼海苔《やきのり》で巻いて食うたら旨《うま》いです。夏鴨はつくねに丸めて、照焼きにしてます。うずら玉子の黄身を絡めて食べてください。冷奴《ひややっこ》の上に載ってるのは刻んだ鱧皮。揚げた賀茂茄子《かもなす》にはカレー餡《あん》を掛けてます。どうぞ、ごゆっくり」

流の説明に何度もうなずきながら、恭介は舌なめずりした。

「いっつもこんな贅沢《ぜいたく》なまかない食べてへんのよ。久しぶりに若い男の人が来はったから、お父ちゃん張り切らはったんやわ」

「余計なこと言わんでええ」

ぺろっと舌を出したこいしは、流に引きずられるようにして、厨房に引っ込んでいった。

うなずきながら説明を聞いていたものの、思いもかけない料理を前にして、何がなんだかさっぱり分からない。鱧だとか鯖だとかは、魚の名前だと分かるのだが、どんな味なのか見当もつかない。ウスターソース、ローストビーフ、カレーなど、馴染《なじ》みのある言葉にホッとしたが、それすらも恭介が普段口にしているものとは、まるで様子が違う。

十数秒ほども黙想した後、左手に飯茶碗《めしぢゃわん》をしっかりと持ち、右手の箸で鴨のつくねを取り、小鉢のうずら卵の黄身に絡めてご飯に載せ、ポイと口に運んだ。

「ウマイ」

即座に声を上げ、鱧のフライ、ローストビーフ、と矢継ぎ早に箸を伸ばし、口に入れるたびに小さなうなり声を上げた。

比較するものを持たない恭介には、正直なところ、この料理がどんなレベルなのかは分からない。だが肌で感じるそれは、世界のトップアスリートたちから伝わって来るオーラのようなものと同じだと思った。自分が今食べているものは、とんでもなく凄いものだということだけは分かったような気がした。

「お口に合いますかいな」

冷茶の入ったガラスポットを持って、流が恭介の傍《そば》に立った。

「どう言うてええか、言葉を知らんのですけど。美味《おい》しいことは間違いないです。僕みたいな味音痴でもそれだけは分かります」

「何よりです。わしら料理人は一回勝負ですさかいに。食べてもろてお気に召さなんだら、次はありませんのや。気に入ってもろたら、二回戦もありますけどな」

茶を注ぎながら流が言った。

恭介は流の言葉を心のなかで何度も噛みしめている。

「お腹が落ち着かはったら、奥の事務所にご案内します。娘が待っとりますんで」

「そのことですけど」

恭介が冷茶を一気に飲み干して続ける。

「もうええかなと思ってます」

「どういうことですんや。それが目的でしたんやろ?」

流が冷茶を注いだ。

「こんなに美味しい料理をいただいたら、もう、どうでもええような気がして来て……」

恭介は掌《てのひら》でグラスを弄んでいる。

「わしには、よう分かりまへんけど、おたくは美食を捜そうと思うて、うちを訪ねて来はったんやない。胸の奥の深いところに、モヤモヤしとる食を捜そうと思うて来はったんですやろ。そのモヤモヤは綺麗《きれい》に晴れましたんか」

流が問うた。

「でも、僕が捜してもらいたいのは、料理とも言えないような、粗末なものなので」

恭介は顔を上げることなく答えた。

「どんな食いもんのことを言うてはるのか、わしには分かりまへんけど、食に粗末も贅沢もありまへん」

流が真っ直ぐに恭介の目を見据えた。

流の言葉にじっと聞き入っていた恭介は、両の掌で頬を二、三度叩《たた》いた。

「お願いします」

恭介が立ち上がった。

「どうぞ。こっちです」

微笑んで、流が奥のドアを指した。

「これは？」

廊下の両側の壁に貼られた写真に恭介が目を留めた。

「たいていはわしが作った料理です」

ゆっくり歩きながら流が言った。

「なんでも作れるんですね」

後ろを歩く恭介が忙しなく左右に目を動かす。

「なんでも作れる、いうのは特に秀でた料理がないとも言えます。どれかひとつに絞り込んどったら今頃は星付きの料理人になれてたかもしれまへんな」

立ち止まって流が振り向いた。

「どれかひとつ……ですか」

恭介も立ち止まって、天井を仰いだ。

「どうかしましたか」

流が訊いた。

「いえ」

恭介は大股で歩き始めた。


「どうぞお掛けください」

奥の部屋では、こいしが待ち構えていた。

「失礼します」

一礼して恭介がロングソファの真ん中に腰を下ろした。

「簡単でええから、ここに記入してくれるかな」

向かい合って座るこいしがバインダーを差し出した。

「依頼書ですか。字がへたなんで、ちゃんと読んでもらえるかなぁ」

ボールペンを走らせながら、恭介が何度も首をかしげる。

「近体大の北野恭介……。そや、思い出した」

手を打って、こいしが大きな声を上げた。

「びっくりしたぁ」

恭介が目を白黒させる。

「水泳の選手でしょ？　期待のホープやて週刊誌で見ましたよ」

こいしが目を輝かせた。

「ホープやなんて」

恭介が照れ笑いを浮かべて、バインダーをこいしに手渡した。

「次のオリンピックにも出はるんでしょ？」

依頼書に目を通しながら、こいしが訊いた。

「選考会の記録次第です」

恭介が背筋を伸ばした。

「たしか自由形から背泳までオールマイティーやったわね」

「どれかに絞った方がいいと言われてはいるんやけど」

「がんばってくださいね。で、何を捜したらええんです？」

こいしが口元を引き締めた。

「恥ずかしい話、海苔弁を捜して欲しいんです」

うつむき加減の恭介が、小さな声で答えた。

「海苔弁て言うたら、ご飯の上に海苔が載って、魚フライとちくわ天がおかずになってる、あのホカ弁のこと？」

「いえ。おかずはありません。ご飯の上に海苔が敷き詰めてあるだけの……」

恭介の声は更に小さくなった。

「海苔だけ？　おかずなしで？」

こいしが身を乗り出した。

「はい」

大きな身体を縮めて、恭介が消え入るような声で答えた。

「お店で食べた……んとは違うよね」

こいしが恭介の顔を覗《のぞ》き込む。

「オヤジが作ってくれたんです」

「お父さんのお手製なんや。けど、それやったらお父さんに訊いた方が早いのと違う？　実家は大分県大分市やろ。そない遠いことないやん」

「オヤジとは五年以上前から連絡を取ってへんのです」

恭介が声を落とした。

「何処《どこ》に居はるかもわからへんの？」

「島根やとは聞いてるんですけど」

「島根？　なんでまた」

こいしが目を剝《む》いた。

「オヤジはギャンブル中毒やったんです。オフクロが家を出たのもそれが原因でした。病気になっても医者代が惜しいと言って、有り金全部を競輪につぎ込んだりしてました。そのツケがまわって来たんでしょう。島根の叔母の家に厄介になって療養しているらしいです」

恭介が哀《かな》しげな声を出した。

「お父さんは島根在住、と。お母さんは何処に？」

ペンを走らせて、こいしが顔を上げた。

「オフクロは再婚して、熊本に住んでいます」

「お母さんが出て行かはったんはいつのことなん？」

「僕が大分第三中学に入って最初の夏休みやったので、十年くらい前になるんですかね。家族旅行のためにオフクロが貯《た》めていたお金を、オヤジが全部競馬につぎ込んでしまったんです。妹は母と一緒に家を出たんですけど、僕はオヤジをひとりにさせるのが可哀《かわい》そうに思えて……」

「それでお父さんとふたりで暮らしてはったんやね。お仕事は？」

こいしがノートのページを繰った。

「大分では観光タクシーの運転手をしてました。て言うても競馬やら競輪に費やす時間のほうが長かったと思いますけど」

恭介が苦笑いを浮かべた。

「ちょっと話を整理するわね。大分であなたが中学に入るまでは、親子四人で暮らしてはった。そして中一の夏休みにお母さんと妹さんが家を出はった後、お父さんとふたりで暮らしてた。で、現住所は大阪市になってるけど、いつまで大分に居たん？」

「高校二年生の夏に、大阪の水泳クラブから誘われて、近体大の付属高校に転校しました。それからはずっと寮生活です」

「ということは、お父さんとふたりで暮らしたんは四年間かな」

　こいしが指を折った。

「大分の高校は食堂があったので、昼はたいていそこで食べてましたけど、中学の三年間は毎日オヤジが弁当を作ってくれました」

「その中に海苔弁があったんやね」

「海苔弁があったんと違うて、ずっと海苔弁やったんです」

　恭介が口の端で笑う。

「ずっと、て毎日ていうこと？」

　こいしの口はポカンと開いたままだ。

「僕がいかんのです。オヤジが初めて弁当を作ってくれて、それを僕がほめたんです。メチャクチャ旨いって。それでオヤジも喜んで、よし、毎日これを作ってやるって」

　恭介はいくらか哀しげな表情を見せた。

「お父さん、真っ直ぐな人なんやね」

　こいしがため息を吐《つ》いた。

「毎日毎日海苔弁ばかり続いて、友達から冷やかされるようになったんで、蓋で隠してすぐに食べてしまう習慣が付いてしまいました。せやから味はあんまり覚えてないんです。けど美味しかったんは間違いありません」

恭介は言葉に力を込めた。

「ホカ弁屋さんの海苔弁しか食べたことないから、ようわからへんのやけど、おかずが無かったら、ホンマに海苔だけなん？　オカカをご飯の間に挟んであって……」

こいしがノートにイラストを書いて、恭介に見せた。

「こんな感じですけど、オヤジが作ってくれたんは三層になってました。一番下がご飯で、真ん中が醤油味のカツオ節、その上に海苔。一番上に大きい梅干しが一個。毎日まったく同じでした」

恭介がイラストを描き足した。

「味に何か特徴はないん？　甘いとか辛いとか」

「味は普通やったと思います。特に甘くも辛くもない。ただ、なんとなくパサパサしてたような気がします」

恭介がイラストをじっと見つめた。

「パサパサしてたら美味しいないように思うけど。海苔とオカカがしっとりしてんとアカンのと違うかなぁ」

　こいしが首をかしげた。

「ときどき、なんとなく酸っぱいような」

　恭介が苦笑いした。

「それ、腐ってたんと違う？　まぁ冗談は置いといて、ご飯とオカカと海苔だけの弁当やったら、簡単に作れるはずやん」

　こいしがイラストを指でなぞった。

「僕もそう思うて、寮の食堂のオッチャンに作ってもろたんですけど、なんか違うんです。食べてるうちに飽きて来る。オヤジの海苔弁は一気に食えたんです。いつも気が付いたら弁当箱が空になってた」

　恭介が熱弁を振るう。

「若かったしと違うかなぁ。お昼は海苔弁しかなかったんやろ？　友達に見られんように一気に食べた、てさっき言うてたやん」

　恭介とは対照的に、こいしは冷めた口調で言った。

「そうかもしれませんけど」

　恭介の言葉から力強さが失《う》せた。

「お父さんは昔から料理を？」

「オフクロと一緒の頃は、オヤジが台所に立っている姿なんか見たことありませんでした」

「せやから海苔弁一本槍《いっぽんやり》やったんか……。けど、なんで今になって、その海苔弁を捜そうて思うたん？」

「叔母から連絡があったんです。かなりオヤジが弱って来たので、一度会いに来てあげて欲しいと……」

「会いに行ったげたらええやん。中学の時は美味しいお弁当を毎日作ってくれてありがとう、て」

「面倒なせいで、毎日同じ海苔弁やったとしたら、会いたくないんです」

恭介が眉を曇《お》らせた。

「それでも会うたげたらええと思うけどなぁ」

こいしは肩をすくめた。

「オヤジがどんな海苔弁を毎日作ってたか。それをたしかめたら、あの頃どういう気持ちやったかが、分かるんやないかと思うんです」

恭介が唇を一文字に結んだ。

「気持ちよう会えるように、がんばって捜すわ。と言うてもお父ちゃん頼みなんやけどね」

こいしが舌を出した。

「よろしくお願いします」

アスリートらしく大きな声を出し、恭介は立ち上がって一礼した。

こいしと恭介が店に戻って来たのを見て、流は吊《つ》り棚のテレビをリモコンで消した。

「あんじょうお聞きしたんか」

「ちゃんと聞いたんやけど、ちょっと今回は難しいかもしれんで」

こいしが答えた。

「今回は、ていっつもやないか。どないなもんでも精一杯捜すしかないがな。そない変わったもんか？」

流がこいしに訊いた。

「海苔弁やねん」

こいしが答えると恭介は肩を縮めて、半笑いをした。

「そういう単純な食いもんほど捜すの難しいんや」

流の言葉に恭介の顔から笑みが消えた。

「大丈夫。心配せんでも、お父ちゃんは、ちゃんと捜してくれはる」

こいしが恭介の背中を叩いた。

「よろしくお願いします」

恭介がふたりに勢いよく頭を下げて、店の引き戸を開けた。

「こら。入って来たらアカンぞ」

足元に駆け寄ってきたトラ猫を流が追い払った。

「大分に住んでいるときはウチもトラ猫を飼ってたんです。なんていう名前ですか」

「ひるねて言うんです。いっつも昼寝してるから」

こいしが手招きすると、流の顔色を窺《うかが》いながら、ひるねがおそるおそる近寄って来た。

「そうや。次はいつ来たらええのか、聞いてなかった」

肩に掛けたボストンバッグを地面におろし、恭介がスマートフォンを取り出した。

「二週間後でどうです?」

流が言った。

「来週の後半から京都合宿に入りますので、ちょうどいいです」

ディスプレイに指を滑らせて、恭介が日程をたしかめた。

「念のために携帯の方に連絡しますね」

ひるねを抱き上げて、こいしが言った。

「ありがとうございます」

スマートフォンを仕舞って、恭介が西に向かって歩き始めた。

「京阪乗るんやったら反対よ」

こいしの言葉に足を止めて、恭介が踵《きびす》を返した。

「小さいときから方向音痴なんです」

照れ笑いを浮かべながら、恭介がふたりの前を通り過ぎた。

「お気をつけて」

流が背中に声を掛けると、恭介の足が止まった。

「お支払いするのを忘れてました」

頭をかきながら恭介が戻って来た。

「この次でええわよ。探偵料と一緒にもらうし」

「いくらくらい用意したら」

上目遣いに恭介がこいしの顔を覗き込んだ。

「そない無茶は言いまへん」

流が言った。

「よろしくお願いします」

一礼して恭介が足早に去って行った。

背中を見送って、流とこいしは店に戻る。ひるねが気だるい鳴き声をあげた。

「北野くんと海苔弁かぁ。意外な取り合わせやね」

こいしが丁寧にテーブルを拭いた。

「北野くんて、えらい親しそうに言うやないか。友達かい」

カウンター席にこし掛けて、流がノートを開いた。

「あれ？　お父ちゃん、気付いてへんかったん？」

こいしが手を止めた。

「気付くて、何をやねん」

表情を変えることなく、流はノートの頁《ページ》を繰っている。

「水泳の選手やんか。オリンピック候補の。背泳もバタフライも自由形も全部得意なんよ」

こいしがクロールを真似《まね》た。

「そうかいな。相手が誰であっても、わしは一生懸命に捜すだけや」

吊り棚から流は地図を取り出した。

「そらそうやけど」

こいしが両頬を膨らせた。

「大分か。関アジに関サバ、ウマイもんだらけやな。ちょっと行って来るか」

「ええなぁ。うちも一緒に行こかな」

「おみやげ買うてきたるさかいに、おとなしい留守番しとけ。家空けたらお母ちゃん、寂しがりよるがな」

流の言葉に、こいしは肩をすくめた。

2

近体大の強化合宿は伏見区の深草校舎で行われている。合宿に入って数日後、ようやく取れた休日に、恭介は心を弾ませながら京阪電車に乗り込んだ。

鳥居と同じ朱に彩られた伏見稲荷駅を過ぎ、ふたつほど駅を通り越すと電車は地下に潜る。やがて七条駅に着くと、恭介は小さなショルダーバッグを肩に掛け、ホームに降り立った。

方向感覚の鈍い恭介は、二度目にもかかわらず道に迷った。しわくちゃになった地図を手に、記憶を辿りながらゆっくりと歩を進める。ようやく見覚えのある建屋が見えてきた。

「いらっしゃい」

こいしが笑顔で迎えた。

「こんにちは」

恭介は不安げな表情で流の姿を目で探した。

「大丈夫。お父ちゃん、捜して来はったよ。けど、なんかしらん、まだやってはるから、もうちょっと待っとってね」

こいしは冷茶の入ったポットとグラスをテーブルに置いた。

「ゆうべはよく眠れませんでした」

恭介はあくびを噛み殺した。

「意外と気にしいなんやね。そんなんでオリンピック出られるんかいな」

冷茶を注ぎながら、こいしが笑みを浮かべた。

「それとこれは別ですよ」

恭介がむくれ顔をした。

「お待たせして、すんまへんな。ちょっとした遊びを思い付いたもんやさかいに」

流が厨房から顔を覗かせた。

「そうなんよ。とっくに用意出来てたはずやのに、《そや、ええこと思い付いた》言うて、なんやゴソゴソしてはるんよ」

こいしの言葉を聞いて、恭介は中腰になって厨房を覗き込んだ。

「大丈夫ですかね」

「余裕なんやと思うけど」

首をかしげて、こいしが口角を歪《ゆが》めた。

「さあ、用意出来ましたで」

流が角盆にふたつの弁当箱を載せて運んで来た。

「二人前ですか」

朝食の丼飯を三度もお代わりした恭介は、わずかに苦笑いした。

「全部食べてもらわんでもよろしい。ふたつの味を比べて欲しいんですわ」

流がテーブルに蓋付きの弁当箱をふたつ並べた。

「食べ比べ、ということは味が違うんですね」

恭介がアルマイトの弁当箱を見比べた。

「ご自分の舌でたしかめてください」

一礼して、流は厨房に戻って行った。

「たっぷり入れといたけど、足らんかったら言うてね」

冷茶ポットとグラスを揃《そろ》えて、こいしが流の後を追った。

ひとり残された恭介は背筋を伸ばして、両手で同時に蓋を開けた。

ふたつとも同じ海苔弁だ。一面に海苔が敷き詰めてあり、縦横に切れ目が入っている。父親が作ってくれていたのもそんな風だった、と今になって思い出した。

横向けに弁当を置くと、横に二本、縦に三本、必ず同じように切れ目が入っていて、それに沿って箸を入れると、十二の区画に分かれる。ひとつの海苔弁を十二回に分けて口に運んでいた、当時の記憶がまざまざとよみがえって来る。

恭介はまず左側の弁当を手に取った。弁当箱を横長に持ち、左下の区画を底まで掘り下げ、一気に口に運ぶ。底から、ご飯、オカカ、海苔と重なり、それが三層になっているのも父が作っていたのと同じだ。

「ウマイ」

思わず口をついて出た。目を閉じて嚙み締める。隣の区画を同じようにして食べる。掛け値なしに美味しい。寮の食堂で作ってもらったのとは、比べものにならない。となれば右側の弁当は失敗作なのだろうか。それともこれを超える旨さなのか。

「ひょっとすると……」

右側の弁当に箸を付けた。左側と同じように、左下の隅を掘り下げ、口に運んで嚙み締めた。一区画、二区画と続けて、三区画目を口に入れた時だった。

二度、三度、四度。嚙み締めるうち、恭介の目尻から涙が溢《あふ》れ出る。手の甲でそれを拭って、次の区画を掘り下げて口に運ぶ。同じように嚙み締める。こらえきれずに恭介は小さく嗚咽《おえつ》を漏らし始めた。

懐かしいという思いではない。ましてや哀しいわけでもなく、なぜ涙が溢れるのか、自分でも分からずにいる。

明らかに味が違う。どう違うかは分からないが、父が毎日作ってくれていた海苔弁は間違いなく右の方だ。

「合うてましたかいな」

厨房から出て来て、流が恭介の後ろに立った。

「こんなんやったと思います」

手で何度も目尻を拭って、恭介がうなずいた。

「よろしおした」

流が冷茶をグラスに注いだ。

「左の方も美味しかったんですが、この右側のお弁当は……」

また恭介の瞳が潤んだ。

「来る日も来る日も、お父さんがあなたのために作ってはった海苔弁は、右の方の弁当です」

流がやさしい眼差《まなざ》しを向けた。

「教えてください。左と右は僕には見た目は同じなのに、食べると全然違う」

恭介が居住まいを正した。

「秘密というより、お父さんのあなたへの思いやと思います」

流がファイルケースをテーブルに置いた。

「僕への思い……」

恭介はファイルケースに目を遣《や》った。

「左の方でも充分美味しいですやろ。けどお父さんは更に工夫をなさった。美味しいだけやのうて、滋養にもなって、その上腐りにくいように」

「あのオヤジがそんなことを」

「お父さんはホンマに料理が苦手やったんですな。イチかバチかで海苔弁を作ってみたら、あなたがえらい喜んでくれた。その後どないしたらええか分からんと、行きつけの食堂で相談なさったんやそうです。あなたのために日本一の海苔弁を作りたいと言うて」

「行きつけの食堂？」

「タクシーの運転手さんは、たいてい行きつけの店を決めてはります。美味しいて、値ごろで、駐車スペースが確保してある店。お父さんが勤めてはった『豊後《ぶんご》観光交通』の運転手さんは大抵『あらみや食堂』に行ってはったんやそうです。県庁の裏手にある、小さな食堂に、お父さんの北野恭太《きょうた》さんは毎日お昼を食べに行ってはりました。常連やったさかいに、食堂のご主人、新宮《あらみや》さんがよう覚えてはりました」

ファイルケースから食堂の写真を取り出して、流がテーブルに置いた。

「この店に……」

恭介が写真に目を落とした。

「さすが大分ですな。こんな大衆食堂やのに抜群に魚がウマイ。お父さんも好物やったという鯵《あじ》フライ定食を食べましたんやが、京都辺りで食べるのとは比べもんになりまへんわ」

流がスマートフォンに指を滑らせて、料理写真を見せた。

「関係ないことは置いといて、早ぅ海苔弁の話を」

こいしがせっついた。

「そないに慌てんでもええがな。新宮さんはそれくらい魚料理が上手やという前フリや。家は代々漁師で、いっときは寿司屋《すしや》もやってはったんやそうな。その主人の発案やさかい、この海苔弁はウマイに決まっとる」

恭介の右手にある弁当を流が手に取って続ける。

「たしかに見た目は変わらん。上から見ても、こないして掘り起こしても」

流は恭介が食べはじめた区画と対角にある、右上の一区画を箸で掘り起こした。

恭介とこいしは、その断面をまじまじと見ている。

「ところが違うんやな、これが」

流が弁当箱の蓋に海苔弁の一区画をそっと置いた。

「ちゃんと三層になってるし、同じやと思うけどな」

真横から眺めてこいしが言うと、恭介は大きくうなずいた。

「秘密はこの真ん中の層にある。ここをよう見てみ。他のオカカと違うやろ」

流が二層目の海苔をはがして見せた。

「これはオカカと違う。魚の身や」

間近で見て、こいしが驚きの声を上げたが、恭介には見分けが付かないと見えて、キョトンとしている。厨房に入った流は、トロ箱に一匹の魚を入れて恭介とこいしに見せた。

「これが太刀魚という魚や。刀に似てるさかいな。この太刀魚を焼いて、その身を細こぅにほぐしたもんが入っとる。味付けは醤油とカボス。太刀魚もカボスも大分の特産やし、カボスには防腐作用もあるんやそうな。オカカだけやと味も単調になるけど、太刀魚の旨みが加わることで味に深みが出る」

「これが太刀魚ですか。この身を……」

恭介が太刀魚を見つめる。

「海苔弁を一気に底まで箸を入れて、友達に見えんように急いで食べてはったんで、気付かんかったんでしょうな」

「こうして中身を見たことなんかなかったです」

「新宮さんに教わって、あなたのお父さんはこない丁寧に海苔弁を作ってはったんですわ」

「不器用なオヤジやのに……」

恭介が潤んだ目を細めた。

「不器用やさかい、皆に愛されてはったんでしょうな。食堂でお父さんの話をしたら、いろんな方が懐かしそうに話してくれはりました」

「迷惑掛けてたんやないですかね」

「いろいろあったみたいですけど、お父さんのことを悪ぅ言う人はひとりも居はりませんでした」

「ホッとしました」

言葉だけでなく、恭介は心底安堵《あんど》したような顔を見せた。

自分の知らない父の姿がそこにあった。

「或る時、お父さんの同僚の方が言わはったそうです。全部食べたかどうかは分からん。息子さんは食べんとゴミ箱に捨てたかもしれんやないか、と」

流の言葉に恭介は大きくかぶりをふった。

「いつもは温厚な北野さんが、血相を変えて反論なさったそうです。うちの息子は嘘《うそ》吐《つ》いたり、ズルは絶対にせん。それに、わしが作ったもんを平気でゴミ箱に捨てるような息子やない」

流の言葉に、恭介は海苔弁をじっと見つめている。

「たしかに日本一の海苔弁やわ」

味見をして、こいしが二度、三度うなずいた。

「ありがとうございました。これ、持って帰ってもいいですか」

恭介が弁当に蓋をした。

「もちろんです。もうひとつ持ち帰り用に作っておきましたんで、一緒にどうぞ」

流が笑顔で答えた。

「保冷剤をようけ入れとかんと」

こいしが冷凍庫を開けた。

「レシピを渡しときます。あなたは料理をなさらんやろさかい、お嫁さんをもらわはるまで、大事に取っといてください。このとおりに作ったらお父さんの海苔弁が出来ますんで」

ファイルケースを入れて、流が紙袋を手渡した。

「この前にいただいたお料理の分も合わせて、いくらお支払いしたら」

恭介が財布を取り出した。

「北野くんの気持ちに見合うだけを、ここに振り込んでくれたらええねんよ。うちは学割きくよって」

こいしがメモ用紙を手渡した。

「ありがとうございます」

丁寧に折り畳んで、恭介はメモ用紙を財布に仕舞った。

「オリンピック、楽しみにしてるよ」

こいしが恭介の手を握った。

「はい」

恭介が胸を張った。

「お父さんも楽しみにしてはるやろ。せいだいお気張りやす」

店の外に出た恭介に流が声を掛けた。

「ギャンブル漬けになって、僕のことなんか忘れてるんと違いますか」

恭介は足元に寄って来たひるねの頭を撫《な》でた。

「こんな海苔弁を毎日作ってやってた息子のこと、忘れようと思うても忘れられん」

恭介は無言のまま深く一礼した。

「京阪に乗るんやったらそっちと違うよ」

正面通を西に向かって歩き始めた恭介に、こいしが大きな声を上げた。

「同じ失敗を繰り返したらあきませんね」

頭をかきながら、恭介は踵を返し、東に向かって大股で歩き出した。

「陸に上がった河童《かっぱ》みたいなもんや」

流が苦笑いした。

「やっぱりバタフライ一本に絞ります」

突如立ち止まった恭介が、振り向いて大きな声を上げた。

「よろしおした」

流が小さく頭を下げると、恭介はまた東に向かって足を踏み出す。ひるねがひと声鳴いた。

「お父ちゃん。ずっと気になってるんやけどな」

店に戻るなり、こいしが切り出した。

「何やねん」

後ろ手に引き戸を閉めて、流がこいしに顔を向けた。

「まさか今晩海苔弁と違うやろね」

「そんなことかいな。ええやないか。海苔弁でいっぱい飲《や》るのもオツなもんや」

「堪忍してえな」

眉を八の字にして、こいしが片付けを始める。

「冗談やがな。今夜はな、太刀魚のしゃぶしゃぶや。鱧しゃぶに負けんと思うで」

流が厨房に向かった。

「さすが、お父ちゃん。これで安心して飲めるわ」

こいしが目を輝かせた。

「大分の市場で仕入れてきたんやが〈くにさき銀たち〉いう立派なブランド名が付いとる。鱧と同じように使えると思うて多めに買うといた」

冷蔵庫を開け閉めしながら、流が言った。

「骨が少ないさかい、鱧より料理しやすいんと違う？」

こいしが丁寧にカウンターを磨く。

「掬子《きくこ》も鱧が好きやったなぁ」

流が包丁を使う。

「そや。太刀魚でお寿司作ったら？　鱧寿司みたいに出来るんと違う？　お母ちゃん、鱧寿司が大好物やったやんか」

こいしが厨房に首を伸ばした。

「ちゃんとこしらえたぁる」

流は茶の間に上がり込んで、小皿に載せた寿司を仏壇に供えた。

「おさがりが楽しみやな」

流の後ろで、こいしが仏壇に手を合わせた。

第二話　ハンバーグ

1

竹田佳奈《たけだかな》は足踏みしながら、歩行者信号をじっと睨《にら》みつけていた。塩小路《しおこうじ》通を挟んで、向かい側に建つ京都タワーを見上げ、また信号機に視線を戻す。

信号が青に変わるや否や、グレーのパンツスーツに身を包んだ佳奈は誰よりも早く飛び出し、駆け足で横断歩道を渡り始めた。

「三十代最後の旅行が京都っていうのもわたしらしいよね」

ひとりごととは思えないほどの声に、通りすがりの老夫婦が佳奈を振り返った。

佳奈は、大きなピンクのキャリーバッグを転がして、脇目もふらず一目散に北を目指した。

烏丸通から正面通に入り、迷うことなく目当ての店の前に立った佳奈は勢いよく引き戸を開けた。

「こんにちは」

「いらっしゃい」

鴨川こいしは食器を下げる手を止めて、顔だけを佳奈に向けた。

「こちらは鴨川食堂ですよね」

キャリーバッグを店の隅に置いて、佳奈がこいしに訊《き》いた。

「そうですけど」

トレーに皿を重ねながら、こいしが素っ気なく答えた。

「食を捜していただきたくて伺いました」

黒のショルダーバッグを肩から外して、佳奈が小さく頭を下げた。

「そっちのお客さんやったんですか」

こいしの表情が幾らか緩んだ。

「おこしやす」

厨房《ちゅうぼう》から出て来て、鴨川流が白い帽子を取った。

「突然で申し訳ありません。竹田佳奈と申します。大道寺《だいどうじ》さんの紹介で伺いました」

佳奈が両手で名刺を差し出した。

「茜《あかね》の飲み仲間っちゅうのは、おたくでしたんか。半月ほど前に電話掛けてきよったんで、大方の話は聞いとります。ま、どうぞお掛けください」

左手に名刺を持ったまま、流がパイプ椅子を奨《すす》めた。

「ありがとうございます。失礼します」

ふたりに会釈して、佳奈が椅子に腰をおろした。

「お腹《なか》の具合はどないです。よかったら何ぞ作りまひょか」

流がカウンターに名刺を置いた。

「鴨川さんのお料理は絶品だと聞いております。お作りいただけるなら喜んで」

「茜がたいそうに言うとるだけです。絶品てなもんやおへんけど、今の時季の旨《うま》いもんをみつくろうてお出ししますわ。何ぞ苦手なもんはおへんか」

「何でも美味《おい》しくちょうだいします」

「ちょっとだけ時間くださいや。すぐに用意しますんで」

帽子をかぶり直して、流が厨房に急いだ。

「食ジャーナリスト……。雑誌の仕事とかしてはるんですか」

名刺を一瞥《いちべつ》して、こいしが訊いた。

「雑誌とか新聞、最近ではテレビの仕事も多いんですよ」

佳奈がこいしに笑みを向けた。

「ええなぁ。美味しいもん食べて、それを書いてお金になるんやから」

「そう甘くはないですよ。最近は仕事も減って来ましたし」

佳奈が肩をすくめた。

「茜さんとはお仕事も一緒に？」

唐津焼の湯呑《ゆのみ》に茶を淹《い》れながら、こいしが訊いた。

「仕事をご一緒したのは一度だけなんですけど、シングルマザーどうしで意気投合しちゃって。月に二、三度飲み会を」

それがクセになっているのか、佳奈がまた肩をすくめた。

「よう飲みはるんや。何かお出ししましょか？」

「お料理を拝見してから考えますね」

「きっとそう言わはると思うてましたわ」

厨房から出て来て、流がテーブルに藍染めの布を広げた。

「見抜かれてましたか」

佳奈が舌を出した。

「ワインがお好きなんやそうですな。こんな店ですさかい、大したもんはおへんけど、わしの好きなやつを後でお持ちしますわ」

流がまた厨房に戻って行った。

「お母ちゃんと徳島へ行った時に、藍染め体験してこしらえた布ですねんよ。ええ色でしょ」

布の折り目を指で伸ばしながら、こいしが目を細めた。

「母と旅行に行った記憶なんてないなぁ」

佳奈が寂しげな声を出した。

「お母さんも働いてはるんですか?」

「父の店を手伝ってます」

「何屋さんですのん?」

「食堂です。弘前《ひろさき》の」

「うちみたいな？」

「京都のお店とは比べものになりません。ラーメンからカレーまである、何でも屋ですから」

佳奈が渋面をつくった。

「うちも似たようなもんですけど」

こいしが笑った。

「ようやく春が来ましたさかい、こんな籠に盛ってみました」

葛《かずら》で編んだ大ぶりの籠に萌黄《もえぎ》色の和紙を敷き、幾つもの小鉢や小皿に料理が盛り付けてある。佳奈は素早くバッグからデジカメを取り出した。

「撮らせていただいてもいいですか？」

「こんなもんでよかったらどうぞ」

流が答えると同時に、佳奈は左手に持ったデジカメのシャッターを何度も切った。

「お仕事のクセて、なかなか抜けへんのですね」

こいしが皮肉っぽい笑みを浮かべた。

「美味しそうな料理が出るとつい……」

アングルを変え、レンズを伸び縮みさせて、佳奈は繰り返しシャッターを切った。

「よろしいかいな」

シャッター音が途切れたのをたしかめて、流が声を掛けた。

「はい」

佳奈が慌ててデジカメをバッグに仕舞った。

「毎年春の料理ていうたら、こんな感じです。左の上から……」

「ちょっと待ってください」

佳奈が急いでバッグからペン型のICレコーダーを取り出し、テーブルに置いた。

「どうぞ、続けてください」

佳奈が目を向けると、流が苦笑いした。

「左の上、唐津焼の小鉢に入ってるのが長岡の筍《たけのこ》と出雲《いずも》のワカメの炊合せ。その横の織部の長皿は鱒《ます》の木の芽焼き。九谷《くたに》の角鉢はウスイエンドウの卵とじです。その下は伊万里《いまり》の豆皿が五枚。左から蛤《はまぐり》の白味噌《しろみそ》グラタン、アサリと九条葱《くじょうねぎ》のヌタ、グジの細造りはポン酢と木の芽で和《あ》えてます。丹波地鶏《じどり》は塩麹《しおこうじ》に漬けたんを蒸し焼きにしてます。右端は小鮎《こあゆ》の姿寿司《すがたずし》。下の丸皿には山菜のフライを盛り合わせてます。フキノトウ、タラノメ、コゴミ、モミジガサ、ワラビ、シオデ。天ぷらやとありきたりなんで、フライにしましたんや。抹茶塩で食べてもろたらええんですが、実山椒《みざんしょう》を漬け込んだウスターソースもよう合います。どうぞゆっくり召し上がってください。こんな白ワインでよろしいかいな」

料理の説明を終えて、流がワインボトルを見せた。

「ちょっと待って下さい」

言うが早いか、佳奈がデジカメを取り出した。

「丹波で、わしの友達が作ってるワインです。シャルドネ一〇〇％でしてな、フランスの小樽《こだる》で発酵させて、樽熟成しとるんやそうです。品のええ酸味が今の季節にはぴったりやと思います」

抜栓して、流がグラスに注いだ。

「とってもいい香り」

コルクの匂いをたしかめてから、三本の指でステムをつまみ、佳奈がグラスを傾けた。

「美味しい、このワイン」

瞳を輝かせ、佳奈はボトルを手に取った。

「よろしおした。これ以上冷やさん方がええと思いますんで、ワインクーラーは出しまへん。お好きなだけ召し上がってください」

言いおいて、流が厨房に戻ると、こいしも後に続いた。

しんと静まり返った店の中で、ICレコーダーのスイッチを切る音が響く。佳奈は改めて籠の中を見回した。

「やっぱり揚げ物が先だよね」

ひとりごちて、フキノトウのフライに抹茶塩を振りかけて口に運んだ。

サクッと噛《か》みくだくと、一瞬にして口中に苦みが広がる。そしてその後には仄《ほの》かな甘みが舌に残った。

「忘れないうちに」

つぶやいてノートを取り出し、左手でペンを走らせる。

右手に持った箸でワラビのフライをつまんで、しばらく迷った後、小皿のソースに浸して口に運んだ。

「うん。ソースもいけるな」

うなずいて、佳奈は左手でメモを取る。

ひと通りフライを食べて、籠の上部に目を移した。

「京都の筍って、他とはひと味違うんだよなぁ」

音を立てて筍をかじり、三行ほどノートに書きつけた。

再びワインを口にし、鱒の木の芽焼き、蛤のグラタンと、順に箸を付け、その度に何ごとかつぶやく。少し間を置いてから、右手の箸をペンに持ち替える。その間ずっと、左手に持ったワイングラスは離さない。

「やっぱり今日のベストはこれだな」

グジの細造りを食べ終えて、佳奈はノートに星印を三つ付けた。

「お口に合うてますかいな」

厨房から出て来て、銀盆を手にした流が籠の中を見回した。

「すごく美味しいです。これまでにも京都のお料理屋さんで、何度も京料理をいただきましたが、今日の料理は間違いなくベストスリーに入ります」

ワイングラスから持ち替えたペンでアンダーラインを引き、佳奈が笑みを浮かべた。

「光栄なことです。けど、わしのんは京料理てな立派なもんやおへん。おかずと酒のアテですわ」

表情を変えずに流が言った。

「またご謙遜を。三ツ星料亭に全然負けてませんよ」

流の腹を、佳奈が二、三度肘で突いた。

「器用に両手を使わはるんですな」

流が話の向きを変えた。

「いろんなことを同時にやりたいので」

苦笑しながら、佳奈が肩をすくめた。

「ご飯の方はどないしましょ。今日はフキと桜えびの炊き込みご飯を用意しとります」

「もう一杯だけワインをいただいてから、でもいいですか」

「どうぞ、どうぞ。ほな暫《しばら》くしたら、お汁《つゆ》と一緒にお持ちします」

銀盆を小脇に挟んで、流が厨房に戻って行った。

ワインをグラスに注ぎながらも、視線は籠の中をさまよっている。佳奈は九谷焼の小さな角鉢を手に取って、鼻先に近付けた。

青臭い香りはどこか懐かしさを感じさせる。添えられた小さな匙《さじ》で、卵の絡んだ青豆をすくって舌に載せた。

籠を見回し、今度は小鮎の姿寿司に目を留めて、佳奈はデジカメのレンズをいっぱいに伸ばした。

レンズが鮎の背にくっつきそうになる。ディスプレイには鮎の背が、キラキラと光っている。ふと、父に連れられ、県境を越えて鮎釣りに行ったときのことを思い出した。

長い時間釣り糸を垂らし、ようやく釣り上げた鮎は夏の日差しを受けて、キラキラと鱗《うろこ》を輝かせ、まるで命乞いをするように身体《からだ》を何度もくねらせた。釣り上げることだけを楽しむのなら、もう一度川に戻してやればいい。そんなことを言った佳奈を、強い口調で父が諭した。

魚を釣るということは、殺したも同じだ。魚だけじゃない、肉でも野菜でも、その生命をいただいて食べるのだから、いただきます、と人間は言うのだ。釣った魚は食べてやらないといけない。小学生になったばかりの佳奈に父はそんな話をした。説教じみた物言いを不快に感じ、それが表情に表れたのだろう。いきなり父は平手で佳奈の頬を打った。

強く心に残っているというほどではないが、何かの拍子にふと思い出す。その度に苦いものが腹の底からこみあげて来る。

父親との間に確執が生じたのは、それがきっかけだったような気がしている。鮎寿司にレンズを向けながら、佳奈はそんな思い出を辿《たど》っていた。

大方を食べ尽くした頃、流が小さな土鍋を持って来た。

「春はいろんな生命《いのち》が生まれて来よります。海の桜えびと山のフキを一緒に炊き込みました。あっさりした塩味ですさかい、このままでも美味しおすけど、フキノトウ味噌を載せて、茶漬けにしてもろてもよろしい。すぐにお汁を持って来ますわ」

土鍋から小ぶりの飯茶碗《めしぢゃわん》によそって、流は厨房に戻っていく。

流の口を吐《つ》いて出た、生命という言葉を佳奈は胸の内で繰り返した。父と同じ年格好だからなのか、食に携わる仕事に就いているからなのか。考えを巡らせながら、佳奈は炊き込みご飯を口に運んだ。

「美味しい」

目を輝かせて、佳奈が叫んだ。

佳奈は写真を撮るのも忘れて、夢中でご飯をかき込んだ。

あっという間に茶碗を空にして、土鍋からよそっていると、長手盆に小ぶりの汁椀《しるわん》を載せて、流が傍《そば》に立った。

「どないです？」

「びっくりするくらい美味しいです」

飯をよそいながら、佳奈が笑顔を流に向けた。

「よろしおした。由比《ゆい》の桜えびは漁が始まったとこですさかい、初もんですわ。初もん食うたら長生き出来るて、昔から言いますねんで」

流が椀の蓋を取ると、一気に湯気が上った。

「あー、いい匂い」

椀に顔を近付け、佳奈が目を閉じて鼻をひくつかせた。

「賽《さい》の目豆腐だけの澄まし汁です。木の芽を吸い口にしとります」

「お豆腐だけですか。何かもっと複雑な香りがしますけど」

「寿司にした鮎の骨をさっと炙《あぶ》って出汁《だし》にしてます。鮎寿司をようけ作りましたさかいに」

「そうか。鮎の香りなんですね。あんな小さな鮎の骨を……」

佳奈は椀から立ち上る湯気に鼻先を当てた。

「鮎は年魚《ねんぎょ》と言いましてな、短い寿命ですんで、食べ尽くして成仏させてやらんと可哀《かわい》そうですやろ」

「……」

饒舌《じょうぜつ》な佳奈が、珍しく口を閉ざしている。

「食べ終わらはったら、奥へご案内しますわ」

盆を小脇に挟んで、流は厨房に戻って行った。

椀を手に取って唇に寄せる。五ミリ角ほどの豆腐がふるふると舌を滑り、鮎と木の芽の香りが鼻に抜けて行く。佳奈はほっこりと息を吐いた。

「生命がどうとか、そんなこと考えながら食べても美味しくないんだよね」

汁椀はきれいにさらえたが、土鍋ご飯は三分の一ほどを残した。酔いが回って来たのか、佳奈は頬を紅潮させていた。

「そうだ。お茶漬け食べなきゃ」

流の言葉を思い出して、佳奈は急いで炊き込みご飯を茶碗によそい、フキノトウ味噌を載せてから、急須の茶をまわし掛けた。

箸を取り、さらさらと音を立てて茶漬けを啜《すす》る。表情ひとつ変えることなく、ひと粒の米も残さず茶漬けをさらえ、そっと箸を置いた。

「そろそろご案内しまひょか」

間髪を入れず、流が厨房から出て来た。

「お願いします」

躊躇《ちゅうちょ》なく佳奈が立ち上がった。

カウンターの横にあるドアを開けて、流が先を歩く。佳奈は少し遅れてその後を追う。

「あ、ごちそうさまでした」

思い出したように、佳奈が流の背中に声を掛けた。

「よろしゅう、おあがり」

振り向いて、流が微笑《ほほえ》んだ。

「は？」

佳奈が聞き返す。

「よろしゅう、おあがり。よう食べて頂きましたな、というような意味です。京都の家ではよう使う言葉です。ごちそうさま、とセットみたいなもんですわ。というても、普通の料理屋では使いまへんけどな」

立ち止まって、流が振り向いた。

「おあがり、って、これからまた食べるのかと思いました」

「たしか、お子たちが居はりましたな。ごちそうさま、て言わはったら、何て言うて返さはるんです？」

「お粗末さま、って言いますね」

「イケズ言うわけやおへんけど、そない粗末なもん食べさせはったんですか」

流が苦笑いを浮かべた。

「決まり文句って、そういうもんじゃありません？」

佳奈が色をなした。

「失礼しましたな」

一礼して、流が歩き出した。

肩をすくめて佳奈は後を追った。

突き当たりのドアを流がノックすると、中からこいしが顔をのぞかせた。

「どうぞお入りください」

佳奈が敷居をまたぐのをたしかめて、流が踵《きびす》を返した。


「面倒かもしれませんけど、依頼書に記入してもらえますか」

向かい合ってソファに座る佳奈に、こいしがバインダーとペンを手渡した。佳奈は左手に持ったペンをすらすらと走らせる。

「左利きなんですか？」

「子供のときに左利きだったのを父に無理やり直されて、そのうち両方使えるようになったんです」

笑みを浮かべて、佳奈がバインダーをこいしに返した。

「三十九歳。アラフォー女子ですねんね」

「自分が四十歳になるなんて考えられないです」

「うちも心の準備をしとかんとアカンな。で、竹田佳奈さん、どんな食を捜してはるんです？」

尋ねながら、こいしがスマートフォンをローテーブルに置いた。

「さっきお父ちゃんが話してるとき、録音してはったでしょ。うちも真似《まね》しよと思うて。最近よう忘れますねん。大事なことを書き忘れたり。こうしといたら、メモを忘れてもええしね。はい、どうぞお答えください」

こいしがディスプレイから指を離した。

「ハンバーグです」

「洋食のハンバーグですか？　ハンバーガーと違うて」

こいしがノートを開いた。

「ええ。でもちゃんとした洋食屋さんで出て来るようなものじゃなくて、食堂で出て来る、素人っぽいハンバーグ……。あ、ごめんなさい。こちらのお店のようなまともな食堂の話じゃないんですよ」

「気にしてもらわんでもええですよ。大した店と違いますし」

こいしが作り笑いを浮かべて続ける。

「いつ、どこで食べはったハンバーグですか」

「たぶん、うちの父が作ったんだと思います」

「たぶん、て、どういう意味です？　作ってはるとこを見てはらへんかったということですか」

「食べたのはわたしじゃないんです。最初から、ちゃんとお話ししないといけませんね」

佳奈が座り直して、ひとつ咳払《せきばら》いをした。

「複雑なお話なんですか？」

こいしが膝を前に出し、ペンを構えた。

「勇介《ゆうすけ》っていう、六歳の息子が居るんです。その勇介が以前に食べたハンバーグを捜して欲しいんです」

「それを佳奈さんのお父さんが作らはったということですか」

「たぶん。それしか思い当たらないんです」

「なんや、ようわからんお話なんですけど」

こいしが左右に首を傾けた。

「保育園の卒園アルバムに、一番好きな食べ物っていう欄があって、勇介はハンバーグって答えてたんです。でも、わたしは一度もハンバーグなんて作ったこともないし、勇介と食べたこともない。思い当たるのは、一昨年、勇介と二人暮らしになったことを報告がてら弘前に帰ったときのことです。わたしが居ない間に、父が食べさせたようなことを言ってました。それしか無いんですよ、勇介が食べたハンバーグって」

佳奈が顔をしかめた。

「けど、ハンバーグて子供が一番好きそうな食べものやないですか。保育園でも給食とかに、出たんと違いますか」

こいしが言葉を返した。

「うちの保育園は給食が無いんです。全員お弁当持ちです」

「そのお弁当に、ハンバーグを入れたげはったことは無いんですか」

「別れた主人が、とんでもない食道楽の人で、お肉でもお魚でも、形のままでないと食べませんでした。ミンチやつくねは絶対に食べなかったので、勇介にも食べさせることはありませんでした。わたしも同じ考えだったので、ハンバーグなんて作ったことは一度もありません」

「可哀そうに。冷凍食品でも美味しいのがあるのに」

思わず言ったこいしの言葉に、佳奈は表情を険しくした。

「添加物や保存料、化学調味料まみれのものを食べさせる方が、よっぽど可哀そうだと思いますけどね」

「そしたら既成品使わんと、お肉を叩《たた》いて、家で作ってあげはったらええやないですか」

こいしがムキになって反論した。

「ちゃんとしたお肉があるのに、なんでそれを叩いて形を崩さないといけないんです？　わざわざ代用品をこしらえる必要などないでしょう」

佳奈も負けてはいない。

「ハンバーグが代用品やて言わはるんですか」

こいしが高い声を出すと、しばらく気まずい沈黙が続いた。

「すみません。興奮してしもて」

先に口を開いたのはこいしだった。

「いえ。わたしこそ失礼しました」

佳奈が小さく頭を下げた。

「本題に戻りますけど、お父さんが作らはったんやったらご本人に聞くのが一番早いんと違います？」

「父とは仲違《なかたが》いしてしまっていて……。去年も今年も実家にも帰っていませんし。今更ハンバーグの作り方を教えて、なんて頼みたくないんです。ましてや勇介の好物だなんて、口が裂けても言いたくありません」
佳奈が口を真一文字に結んだ。
「何があって、そうなったんかは知りませんけど、親子なんやし、素直に尋ねはって
もええんと違いますかね」
こいしが上目遣いに佳奈を見ると、憮然《ぶぜん》とした表情で横を向いている。
「分かりました。お父ちゃんに行ってもらいます。その食堂へ行って、ハンバーグを
食べたら分かりますもんね」
「でも、それだけだとダメなんです。父が店で出しているハンバーグをそのまま勇介
に食べさせたかどうか、分からないいんですから。そこも父から聞き出してもらわない
と。ただし、わたしが頼んだって言わないでもらいたいんです」
向き直って、佳奈が一気に言葉を連ねた。
「そんな難しいこと出来るんやろか」
こいしが首をかしげた。
「いい考えがあるんです。お父さんに、取材するフリをしてもらえませんか。うちの
食堂はよく取材されてて、父も断ることはありません。『料理春秋』の取材だと言え
ば、きっと父も喜んで取材を受けるでしょう。大道寺さんさえ了解すれば済むことで

しょうし」

舌を出して佳奈が満面に笑みを浮かべた。

「うまいこと思い付かはりますね。けど、うちのお父ちゃんは嘘《うそ》が大嫌いやから、その手は使えへんと思いますよ。方法はお父ちゃんに任さんと。で、お店の名前は？」

こいしがペンを構えた。

「『竹田食堂』。百年前からある古い店ですよ」

佳奈がバッグから写真を取り出して、ローテーブルに置いた。

「雪に埋もれて、ええ感じですやん。昔の写真ですか？」

「三年前の写真です。古いだけが取り柄で取材されているんだと思います」

「今でもこんな店が残ってるんや。行ってみたいなぁ。百年も続いてるてスゴイことですやん」

写真を手に取って、こいしがじっと見つめている。

「写真で見るからいいんです。実際に行って食べたら、きっとガッカリしますよ」

佳奈が肩をすくめた。

「それはそうと、なんで今そのハンバーグを捜してはるんです？」

佳奈の仕草を真似て、こいしが写真を返した。

「食べ比べをさせたいんです。わたしが一番だと思う料理と、勇介が一番の好物だと思い込んでいる、そのハンバーグを」

写真を手帳に挟んで、佳奈がバッグに仕舞った。

「どんな料理と比べるんです？」

「これまで取材したお肉料理で、わたしが一番美味しいと思ったのは、東京の白金《しろかね》にあるステーキハウスのロッシーニ・ステーキなんです。山形牛のヒレ肉に、フォアグラとトリュフを載せて焼いただけなんだけど、この世のものとは思えないほど美味しい。絶品ってこういうことを言うんだ、と感動しましたよ」

「ハンバーグとステーキを比べるのも、なんか違う気がするんやけどなぁ」

こいしが首をかしげる。

「勇介が一番だと思い込んでいるハンバーグを食べさせて、その後にステーキハウスへ連れて行って、ロッシーニ・ステーキを食べさせる。そうすれば本物の料理とはどういうものかが、勇介にも理解出来ると思うんですよ」

「そのために……」

こいしが深いため息を吐いた。

「勇介にはグローバルな人間になって欲しいんです。父親が居ないからってバカにされないためにも、一流のものを身に付けさせたいと思ってます。着るものとかじゃないんですよ。そんなうわべのことではなくて、ちゃんとした見識を育ててやりたい。田舎の食堂のハンバーグが一番美味しい、なんて貧乏臭いことを言わせたくないんです」

佳奈の言葉に頬を赤く染めたこいしだったが、何度も胸に手を当て、喉から胃の奥へと、幾つもの言葉を飲み込んだ。

「分かりました。お父ちゃんに捜してもらいます」

ノートを閉じ、スマートフォンのディスプレイに強く指を押し当てた。

「ありがとうございます」

軽く頭を下げた佳奈は、素早く立ち上がった。

「あんじょうお聞きしたんか」

食堂に戻ると、流は新聞を畳んで、こいしに顔を向けた。

「ちゃんと聞いていただきました。どうぞよろしくお願いします」

佳奈が深々と頭を下げた。

「せいだい気張らせてもらいます。こいし、次のお約束はしたか？」

佳奈からこいしへ、流は身体の向きを変えた。

「二週間後くらいでどうです？」

こいしが佳奈にさらりと言った。

「いいですよ。レシピと一緒にクール便で送ってもらえますか。もちろん送料は払いますので」

ショルダーバッグを肩に掛け、佳奈がキャリーバッグの取っ手を伸ばした。

「送る？　それは無理ですわ。お話もせんとあかんし」

こいしが血相を変えた。

「でも、二週間後って、入学式直前じゃないですか。準備で大変な時期なんですよね」

佳奈が口を尖《とが》らせた。

「お忙しいやろとは思いますけど、口に入るもんを送るてなことは、わしの性に合いまへんのですわ。お越しいただけるとありがたいんですが」

流が柔らかい笑みを向けた。

「わかりました。なんとか都合を付けて伺うようにします」

肩をすくめた佳奈は、引き戸を引いて店の外に出た。

「これから何処《どこ》ぞにお出かけですか？」

送りに出て来た流が、大きなキャリーバッグに目を留めた。

「京都のニューオープンの店を三軒ほど覗《のぞ》いてみようと思ってます。秋の京都特集に備えて」

佳奈がまた肩をすくめた。

「京都にお泊まりで？」

「ええ。鴨川沿いに出来た新しいホテルに泊まります」

「勇介くんひとりで大丈夫なんですか？」

佳奈の足元に寝転んでいた、トラ猫のひるねをこいしが抱き上げた。

「今日はシッターさんにお願いしてあるので」

佳奈が正面通を東に向かって歩き始めた。

「お気をつけて」

その背中に声を掛け、流がひるねをにらみつけた。

「そんな怖い顔せんでも、店に入れたりはせえへんて。な、ひるね、ようわかってるもんな。またあとで」

こいしがひるねを下ろして、小さく手を振った。

「で、ものは何や？」

流がパイプ椅子に腰をおろした。

「ハンバーグ」

こいしが素っ気なく答えた。

「どこぞの店のもんか？」

「店て言うたら店なんやけど……」

流と向き合って座り、こいしがノートを開いて見せた。

「なんや、メモはこれだけかい。何にもわからへんがな」

ページを繰って、流が顔をしかめた。

「心配せんでも、秘密兵器を用意してあるんよ」

こいしがスマートフォンをテーブルに置いて、ディスプレイにタッチした。

「手抜きしおってからに」

苦笑しながら、流は耳を近付けた。

「イヤな感じの人やったなぁ。茜さん、あんな人と話が合うんやろか」

「こいし、余計なことは考えんでええ。わしらは頼まれたもんを捜すのが仕事や」

耳をスマートフォンにくっつけたまま、流がくぎを刺した。

「最後の方に出て来るねんけどな、お父ちゃんに嘘を吐いて欲しいて言うてはるねんよ」

こいしがページを開いて見せた。

「嘘？　どういうことや」

「早送りするし、聞いてみて。きっとお父ちゃんはイヤやと思うわ」

ディスプレイをスワイプして、こいしが佳奈を真似て、肩をすくめた。

暫くの間聞き入っていた流が、耳を離して笑顔をこいしに向けた。

「おもろいがな。お父ちゃんも俄《にわ》かグルメライターや」

「人を騙《だま》すことになるねんで」

「本で読んだんやけどな、作家の池波正太郎も、時々そういうイタズラをやってたらしい。旅の宿で、富山の薬売りに成りすましたりして遊んでたんやと。化けの道楽て言うんやそうや」

「まぁ、罪がない話かもしれんけど」

「早速明日から弘前へ行って来るわ」

「美味しいおみやげ頼むで」

こいしが背中を叩くと、流は顔をしかめた。

2

桜咲く京都は人で埋まる。人波をすり抜け、ピンクの小さなショルダーバッグを提げた佳奈は『鴨川食堂』の前に立った。

店の前に寝そべるひるねが、ちらっと佳奈を見て、大きなあくびをした。

「こんにちは」

引き戸を開けて、佳奈が敷居をまたいだ。

「ようこそ。今日はええお天気ですね」

こいしは春空を見上げてから、引き戸を閉めた。

「お待ちしとりました」

厨房から出て来て、流が帽子を取った。

「よろしくお願いします」

佳奈が小さく頭を下げ、バッグを肩から外した。

「お急ぎかもしれまへんけど、せっかくですさかい、出来たてを食べて帰ってください。お持ち帰りいただく分も別に用意してますさかい」

「じゃあ、そうさせていただきます」

腕時計をたしかめて、佳奈がパイプ椅子に腰をおろした。

「すぐにご用意します」

流が厨房に駆け込んで行った。

「お飲みもんは、どないしましょ」

テーブルを拭きながら、こいしが訊いた。

「とんぼ返りしないといけないので、今日はお茶にしておきます」

スマートフォンに指を滑らせながら、佳奈が素っ気なく答えると、こいしはポットの湯を急須に注いだ。

しばらくは、静寂に包まれていた店に、厨房から大きな音が響き始める。餅《もち》を搗《つ》くような粘っこい音が規則正しく続き、やがてそれは、火花が爆《は》ぜるような高い音に変わった。香ばしい薫《かお》りが佳奈の許《もと》へと漂い始める。

「いい匂い」

スマートフォンのディスプレイから目を離し、佳奈は鼻をひくつかせた。

「うちも最初はそう思うたんですけど、毎日この匂い嗅いでると、ええ加減飽きて来ましたわ」

苦笑いを浮かべて、こいしが清水焼《きよみず》の湯呑に茶を注《つ》いだ。

「ご迷惑を掛けていたんですね」

スマートフォンをバッグに仕舞って、佳奈が小さく頭を下げた。

「いえいえ、これが仕事ですし。お父ちゃんは完璧主義ですよって、納得するまで、何遍でも作り直さはるんです。おかげで試食係のうちは、こんなになってしもうて」

こいしは、黒いエプロンの上から腹を平手で叩いた。

「こいし、用意出来てるか」

暖簾《のれん》の間から、流が顔を覗かせた。

「こっちは大丈夫」

佳奈の前に黄色いランチョンマットを敷き、小さなフォークと箸を置いた。

「ミッキーのフォークと、ドナルドダックのお箸って、お子さまランチみたい」

佳奈の顔が華やいだ。

「これも味のうちや、てお父ちゃんが用意しはったんですよ」

こいしが苦笑いすると、流が銀盆に載せて、ハンバーグを運んで来た。

「これが勇介くんお気に入りのハンバーグやと思います。熱いうちに召し上がってください」

流が白い洋皿をランチョンマットの上に置いた。

「急須ごと置いときますけど、お茶が足らんかったら言うてくださいね」

こいしは佳奈に笑みを向けて、銀盆を小脇に挟んだ流と一緒に厨房へ戻って行った。

バッグからデジカメを取り出し、佳奈はシャッターを二、三度切った。

白い丸皿の真ん中に載るハンバーグは、何の変哲もないありきたりに見える。ドミグラスソースというよりは、ケチャップを煮詰めたような赤いソースが掛かっている。半熟の目玉焼きが上に載り、付け合せのフライドポテト、人参《にんじん》のグラッセ、バターコーンも普通だ。如何《いか》にも子供が喜びそうなトマトスパゲッティが添えられている。

佳奈は深いため息を吐いて、渋々といった風にハンバーグを口に運んだ。

「ん？　何の味だ？」

噛み締めて直《す》ぐ、大きな声を上げた。

「これって……」

箸をフォークに持ち替え、ハンバーグを大きめに切り取って、赤いソースに絡めて口に放《ほう》り込んだ。

ゆっくりと嚙み締めながら、佳奈は天井を仰ぎ、やがて目を閉じた。

まるで谷を渡って来るそよ風のように、ざわめきが佳奈の耳にこだまする。酒に酔った父親のダミ声、甲高い母の笑い声、何事か叫ぶ弟の声。四畳半の茶の間で、小さなちゃぶ台を囲んで食事をしながら、笑い合っていた。その時の味だ。だが食卓に出たのは、たしか蕎麦《そば》だったような気がする。

首をかしげて、佳奈は黄身をつぶし、目玉焼きをハンバーグに絡めて食べた。人参、ポテト、コーン。フォークで刺して立て続けに口に運んだ。

食べ進むうち、肩の力がすーっと抜けて行くことに気付いた。肩だけではない、手の先、頭のてっぺん、膝から踵《かかと》と、ふわりふわりと宙に浮くような気さえする。

「どないです。お口に合うてますやろか」

益子焼《ましこやき》の土瓶を持って、流が佳奈の傍に立った。

「いろんなお店のハンバーグを試食して来ましたけど、これは初めての味です。なのに、なんだか……」

顎を上げて、佳奈が吐息を漏らした。

「懐かしおすやろ」

流が柔らかい笑みを佳奈に向けた。

「なぜ？　どうしてなんです？　家でハンバーグを食べた記憶はないんですが」

眉を八の字にして、佳奈が口調を強めた。

「人間の味覚っちゅうのは不思議なもんでしてな」

唐津焼の湯呑を置いて、流が茶を注ぎながら続ける。

「家庭という言葉がありますわな。家族が暮らす場所。ここには食いもんだけやのうて、人の味、っちゅうもんがありますんや。家族に囲まれてる安らぎやとか、互いの気遣いやらが味を醸し出すんですわ。あなたもきっと、小さいときは、こないして子供用の食器を使うて食べてはったはずや」

流の言葉に反感を覚えながらも、佳奈は言葉を返せずにいる。

「このお皿と箸とフォークは、ご実家のお店で実際に、小さなお客さんに出してはるもんなんですて。お父ちゃんが借りて来はったんですよ。『料理春秋』の写真を撮るて言うて」

こいしが佳奈に目配せした。

「冷や汗のかき通しでしたで。お店には、茜から電話を入れてくれてたんで、お父さんは信用し切ってくれてはりました。騙してるのが、なんや後ろめたかったですわ」

流が言葉を挟んだ。

「じゃあ、わたしのことは言わずにいてくださったんですね」

ホッとしたように、佳奈は頰を緩めた。

「わしは言うてまへんけど、お父さんからあなたの名前が出ました」

「え？」

佳奈が顔をこわばらせた。

「料理雑誌の編集者やと思い込んで、わしを待ち構えてはりましてな。いきなり〈竹田佳奈を知ってるか〉ですわ」

苦笑いして流が、佳奈の父、竹田佳生《よしお》の写真を見せた。

「全然変わってないなぁ」

佳奈が写真を手に取った。

「わしが曖昧な返事をしたんが、気に入らなんだらしいて、食の仕事をしてるんなら竹田佳奈の名前くらい覚えておけ、てエライ怒られました」

「自慢の娘ですやん。うちとはえらい違いや」

こいしが頰を膨らませると、佳奈は肩をすくめた。

「お店のメニューにハンバーグ定食がありましたんで、作り方を聞いてきました」

ファイルケースから取り出して、流がレシピを見せた。

「勇介が食べたのと同じでしたか？」

心配そうに佳奈が訊いた。

「わしもそこが気になったんで、試食しながら、ちょっと話を振ってみましたんや。〈お孫さんとかが居られたら、きっと喜ぶでしょうな〉と。そしたら竹田さん、身を乗り出して〈孫は美味しいを連発して、お代わりしました〉と胸を張ってはりました。間違いないと思います」

流がきっぱりと言い切った。

「大豆の粉？」

レシピを見て、佳奈が首をかしげた。

「ハンバーグのつなぎに大豆の粉を使うてはるんやそうです。弘前名物の津軽蕎麦もつなぎに大豆粉を使うんですてな」

流が津軽蕎麦のリーフレットを見せた。

懐かしさの理由を知って、佳奈は鼻を白ませた。『竹田食堂』の一番人気は津軽蕎麦だ。雑誌の取材もたいていはそれを目当てにしている。上京するまでは、毎日のように食べさせられたが、十割蕎麦とは程遠い味だったと記憶する。貧しさの象徴のような大豆の粉に、郷愁を覚えたことを幾分なりとも後悔した。

「食べやすい味だったとは思いますけど、ステーキの美味しさに比べたら……」

流し読みして、佳奈はレシピをファイルケースに戻した。

「そんなん、比べるのが間違うてると思いますけど」

こいしが色をなした。

「この前も言いましたけど、勇介には、違いが分かる男になって欲しいんです。食でも何でも、一流のものを身に付けさせてやりたい」

こいしに向き直って、佳奈が眉をつり上げた。

「親が勝手にそう思うてるだけで、お子さんには迷惑なんと違います?」

こいしが佳奈をにらみつける。

「そうかもしれません。でもわたしは、勇介を立派な男に育て上げないといけないんです」

自分に言い聞かせるように繰り返して、佳奈は何度もうなずいた。

「それは親のエゴなんと……」

「こいし」

険しい顔で、流がこいしの言葉を制した。

不満そうに口を尖らせるこいしが横目で見ると、佳奈は一点をじっと見つめて、身じろぎひとつしない。三すくみのような状態のまま、しばらく沈黙が続いた。

「ご主人とは死別やったんやそうですな」

最初に口を開いたのは流だった。こいしが意外そうな顔付きで目を向けると、佳奈は一瞬驚きの表情を見せ、少し間を置いてから、こっくりとうなずいた。

「わたしがあんな頼み事さえしなければ、主人は事故なんかに遭わずに済んだんです」

佳奈が唇を噛んだ。

仕事に没頭するあまり、佳奈がするべき買い物を主人に頼み、その途上で事故死した。佳奈にとって痛恨の出来事として深く心に刻まれている。

「事故で……」

こいしが眉を曇らせた。

「あらかたの話はお父さんからお聞きしました。わしがあなたと同業やと思うて、気を許さはったんでしょうな。お母さんと交互に経緯をお話しになって」

流がしんみりと語った。唇を噛んだまま、佳奈は床に目を落とした。

「母親だけでも大変やのに、あなたは父親の役割も果たさんならんと思うて、ずっと気張ってきはったんや。それが、一流を目指すことに繫《つな》がってるんですな」

流の言葉に、佳奈は小さくうなずいた。

「ひとりで、よう頑張って来はった。けど、もう充分ですがな。これからは、子供を甘えさす母親になりなはれ。きっとご主人も、そう望んではると思いまっせ」

流が佳奈の肩にそっと手を置いた。

ぴくりとも動かなかった佳奈の肩が、小刻みに揺れ始め、やがて大きく震える。

「片親だからと言って、肩身の狭い思いをさせたくない。そう思って生きて来ました」

佳奈が唇を真《ま》っ直《す》ぐに結んだ。

しんと静まり返った店の中に、時折り外のざわめきが流れ込んで来て、やがて潮が引くように、また静寂が戻る。

「たしかに上等のステーキには負けるかもしれまへん。けどハンバーグには、ひと手間掛けるという味わいが加わります。ミンチ肉につなぎを入れて、手でこねて形にする。その間に心も混ざり込むんです。おむすびと一緒ですがな。作り手の気持ちが掌《てのひら》から伝わっていきます。勇介くんは子供ながらに、お祖父《じい》ちゃんの愛情を感じ取らはったんでしょう」

諭すように流が言った。

「うちも試食したけど、なんかホッとするハンバーグですやん」

目尻を小指で拭いながら、空になった戦隊ヒーローの皿をこいしが指した。

「母親の愛情が籠ってたら、子供はどんなもんでも旨いと感じます」

流が笑顔を佳奈に向けた。

「はい」

マスカラで目の周りを真っ黒にして、佳奈が頭を下げた。

「お化粧、直さんと」

こいしが佳奈の顔を覗き込む。

「平気です。駅の化粧室で」

佳奈が柔らかい笑顔を見せた。

「勇介くんに食べてもらう分と一緒に、レシピを入れときますよって」

こいしが紙袋を佳奈に手渡した。

「そうだ、この前の食事代も忘れてました。今日の分と合わせてお支払いを」

ピンクのバッグから、同じ色の長財布を佳奈が取り出した。

「お気持ちに見合うた分を、こちらに振り込んでもらえますか」

白い封筒に入れて、こいしがメモを渡した。

「わかりました」

佳奈は財布に挟んでバッグに仕舞う。

「どうぞ、お元気で」

店を出た佳奈に流が声を掛けた。

「お世話になりました」

腰を折る佳奈の足元に、ひるねが駆け寄って来た。

「こら、洋服を汚したらあかんぞ」

流がにらみつける。

「大丈夫ですよ」

屈《かが》み込んで、佳奈がひるねの頭をなでた。

「春本番やね」

こいしがまぶしそうに春空を見上げる。

「ハンバーグのお弁当を作って、勇介とお花見に行かなくちゃ」

立ち上がって佳奈が同じ空を見上げた。

「よろしいな」

流がぽつりとつぶやいた。

「そうそう、聞き忘れてました。あのソース、不思議な味がしたんですが」

立ち去りかけて、佳奈が踵を返した。

「ウスターソースとケチャップを煮詰めたとこに、けの汁を足すんやそうです」

「けの汁……」

佳奈の視線が宙に浮いた。

「やさしいお父さんですがな」

流の言葉に背中を押されて、佳奈はゆっくりと歩き出した。

「勇介くんによろしゅう」

こいしが背中に声を掛けると、佳奈は振り向いて小さく手を振った。


「どや。今晩、夜桜でも見に行こか。ハンバーグ弁当持って」

カウンターに腰掛けて、流が新聞を開いた。

「ええなぁ。お酒も持って行こ」

「御所がちょうど見頃やそうな」

流が新聞の花便りを目で追った。

「さっき言うてた、けの汁て何のこと?」

テーブルを拭きながらこいしが訊いた。

「大根やら人参やとかの野菜を細こぅ刻んで、お揚げさんやこんにゃくと一緒に昆布出汁で煮込んだ汁もんや。大豆を擂《す》り潰《つぶ》したんを、じんだ、っちゅうてな、これを最後に混ぜるのが特徴らしい」

「それを混ぜることが、なんでお父さんのやさしさなん？」

厨房に入って、こいしが流に顔を向けた。

「向こうはな、雪が深いさかい七草が摘めんやろ。けの汁を七草粥《がゆ》の代わりにするんやそうな。ようけ作っといて、小正月は毎日こればっかり食べるんやと。普段、台所仕事で忙しいしてる女の人を楽させる、という意味もあるらしい」

流が新聞を畳んだ。

「そういうことなんやて、お母ちゃん。青森の男の人はやさしいなぁ」

こいしが仏壇の前に正座した。

「京都の男はもっとやさしい。掬子が一番よう知っとる」

「ホンマかなぁ」

手を合わせてこいしが薄目を開けた。

「ハンバーグ弁当、三つ作らんとな」

仏壇に目を遣《や》って、流が腕まくりした。

第三話　クリスマスケーキ

1

京都駅の烏丸口は吹き抜けになっていて、駅ビルの十一階まで、高低差三十五メートルにも及ぶ大階段が伸びている。一階ごとに設けられた踊り場と百七十一段もの階段をスクリーンに見立て、クリスマスイルミネーションが映し出される光景は、師走の風物詩になっている。

改札口を出て大階段を見上げた坂本良枝《さかもとよしえ》は、思わず夫の袖を引っ張った。

「ほらほら、あの階段見て。綺麗《きれい》」

「ほんまや。階段がスクリーンになっとるんやな」

「今年こそツリーを飾りましょうね」

良枝が巨大なクリスマスツリーを見上げた。

正幸《まさゆき》は無言のままツリーを見上げている。

「迷ってはるんですか」

吹き渡って来た北風に、白い息を吐いた良枝は正幸に身を寄せた。

「まだ踏ん切りがつかんのや」

信号が青に変わっても、正幸は足を踏み出そうとしない。横顔を見上げて、良枝はそっと背中を押した。

烏丸通を北へ歩くふたりは、七条通を越えて東へと向きを変えた。

ふたりが歩く正面通の両側には、多くの数珠店や法衣商が並んでいる。店仕舞いをして暗闇を作る中に、一軒だけ明かりの灯《とも》るしもた屋がある。

「あそこと違うかしら」

良枝が指差した。

「看板もない。暖簾《のれん》も上がってない。モルタル造りの二階建て。聞いた通りやな」

正幸はメモをポケットに仕舞った。

およそ店らしくない建屋の二階は真っ暗で、通りに面した一階の窓からのみ明かりが洩《も》れている。営業しているようには見えないが、人が居ることだけはたしかなようだ。戸口に立ったふたりは顔を見合わせコートを脱いだ。

「ごめんください」

良枝が引き戸を開けた。

「どちらさんです？」

しばらく間を置いて、白衣姿の鴨川流が厨房《ちゅうぼう》から出て来た。

「こちらは『鴨川食堂』ですね？」

正幸が訊《き》いた。

「そうですけど。すんません、今日はもう仕舞いましたんや」

流が遠慮がちに答えた。

「食を捜してもらいに来たんですけど」

良枝がすがるような目付きをした。

「とにかくお入りください」

一瞬の間を置いて、流が手招きした。

「ありがとうございます」

声を揃《そろ》え、良枝と正幸はホッとしたような顔付きで敷居をまたいだ。

「どうぞおかけください」

流がパイプ椅子を引いた。

「すみません。突然お邪魔をして」

正幸が頭を下げてから腰をおろした。

「ほとんど昼だけしかやってませんのや。夜は専《もっぱ》ら仕込みですわ」

カウンターの上には幾つものバットや大鉢が並んでいる。出来上がったばかりのものだろうか。湯気が立ち上っている料理もある。横目でそれを見て、良枝は深く腰を折った。

「お仕事中に申し訳ありません」

「どちらからお越しで？」

流が万古焼《ばんこやき》の急須にポットの湯を注いだ。

「伏見から参りました。『料理春秋』の広告を拝見しまして……」

良枝が答えた。

「あの一行広告だけで、よう辿《たど》り着かはりましたな」

流がふたりの前に清水焼《きよみずやき》の湯呑《ゆのみ》を置いた。

「編集部に電話したんです。最初は教えられへんて言うてはったんですけど、しつこく頼んだら、編集長さんが出てくれはって」

良枝が頬をゆるめた。

「茜のやつ」、流が苦笑いしてから、ふたりに顔を向けた。

「ご縁がありましたんやな」

「ありがたいことです」

正幸が目を細めた。

「ただいま」

レジ袋を提げて、こいしが思い切り引き戸を開けた。

「もうちょっと静かに出来んか。お客さんがびっくりしてはるがな」

流がたしなめた。

「すんません。荒けないことで」

こいしが肩をつぼめた。

「娘のこいしです。いちおう探偵事務所の所長っちゅうことになってますねん」

流が紹介すると、夫婦揃って立ち上がった。

「申し遅れました。坂本正幸と言います。これは家内の良枝です。食を捜していただきとうて伺いました。よろしゅうお願いします」

ふたりは流とこいしに頭を下げた。

「お腹《なか》の具合はどうですのん？　夕食はまだなんでしょ」

こいしが顔を向けると、ふたりは喉を鳴らした。

「突然お邪魔して、そんな厚かましいこと」

良枝が正幸の顔色を窺《うかが》う。

「ちょうど明日の分を多めに仕込んだんでご用意しますわ。ちょっとだけ時間をください」

ふたりの様子を見て、流が厨房に向かった。

「なんや申し訳ないですなあ」

正幸が流の背中に声をかけた。

「ええんですよ。お父ちゃんは料理を食べてもらうのが好きなんやし」

こいしが茶を注いだ。

「本当のことを言うと、少し期待してたんです。編集長さんがこちらのお料理を絶賛されていたので」

良枝が小さく微笑《ほほえ》んだ。

「『料理春秋』を見て、来てくれはったんですね。どちらからです?」

こいしが訊いた。

「伏見から来ました」

良枝が短く答えた。

「あの雑誌を読んではるいうことは、そういう関係のお仕事を?」

「和菓子屋をやってますねん」

正幸が答えた。

「甘いもん大好き。どんなん作ってはるんです?」

こいしがふたりの向かいに座った。

「お茶席で使うてもらえるようなお菓子と違って、誰でもが気軽に食べられる餅菓子やお饅頭《まんじゅう》を作ってます」

良枝が胸を張った。

「そんなんが好きですねん。おはぎとか桜餅とかでしょ」

こいしが目を輝かせ、しばらくの間、和菓子談義が続いた。

「お待たせしましたな」

厨房から出て来て、流が折敷《おしき》を並べた。

「突然ですんませんな」

正幸が居住まいを正した。

「こんな食堂ですさかい、大したもんはありまへんけど」

漆黒の折敷の上に、流が春慶塗《しゅんけいぬり》の二段重を置いた。

「早々とお正月気分ですね」

蓋を取って、良枝が相好を崩した。

「おせち料理ほど豪華やおへん。こまごまと詰めさせてもらいました。上のお重に入ってるのは、漬《づ》けマグロの山葵和《わさびあ》え、生湯葉のお造り、タイの薄造りには練りゴマがまぶしてあります。出汁《だし》巻き玉子、グジの小袖寿司《こそでずし》、大黒シメジと水菜のお浸し、菊花カブラの酢漬け。串に刺してあるのは、ウズラのつくねと蒸し海老《えび》、胡瓜《きゅうり》の板ずりです」

流の説明に、何度もうなずきながら、ふたりは舌なめずりしている。

「お酒が欲しなるのと違います？　一本つけましょか」

こいしが口を挟んだ。

「そうしたいところですが、これから大事な話をさせてもらわなあかんので、遠慮しときます」

正幸がこいしに会釈した。

「お酒抜きやったら、下の段も一緒に召し上がってください」

流の言葉を聞いて、良枝が上段を持ち上げた。

「どれも美味《おい》しそう」

「焼きもんはマナガツオの味噌《みそ》漬け、小鉢に入ってる煮物は堀川ごぼうと明石タコの桜煮、聖護院蕪《しょうごいんかぶら》、どんこ椎茸《しいたけ》。大葉で包んであるのはモロコの甘露煮。揚げもんは寒《かん》鯖《さば》の竜田揚げと海老芋の素揚げです。青ネギを巻いてるのは鴨《かも》ロース、白ネギを巻いたのは黒豚、山葵か辛子を付けて召し上がってください。セコ蟹《がに》の炊き込みご飯には三ツ葉を載せてもろたら美味しおす。後で牡蠣《かき》豆腐の赤だしを持って来ますんで、どうぞ召し上がってください」

流が小走りで厨房に向かった。

「お茶のお代わりを置いときますね」

こいしが益子焼《ましこやき》の土瓶を良枝の傍らに置いて、厨房に入って行った。

「いただこか」

正幸が手を合わせると、良枝もそれに続いた。

二段重を横に並べ、ふたりは箸を持ったまま、忙《せわ》しなく視線を移動させる。先に箸を付けたのは正幸の方だった。

「マグロの赤身て、こんなに旨《うま》いもんやったかいな」

正幸がしみじみと言った。

「トロより美味しい」

良枝が正幸と目を合わせた。

「タイのお造りにゴマがこんなに合うとは思わんかった」

「鯖の竜田揚げなんて初めて」

「グジのお寿司も旨いなぁ」

「堀川ごぼうにタコが射込んであるんやわ」

ふたりはそれぞれ、箸で取って見せ合いながら食べ続ける。

「赤だしをお持ちしました」

盆に椀《わん》をふたつ載せて、流がテーブルの傍《そば》に立った。

「美味しくいただいてます」

良枝が腰を浮かせた。

「そら、よろしおした。どうぞゆっくり召し上がってください」

それぞれの折敷の上に流が椀を置いた。

「どれも手が込んでいて、美味しいですわ」

正幸が流に笑顔を向けた。

「和菓子に比べたら、大した手間やおへん。ええ食材さえ手に入ったら、後は勝手に味が付いてくれよる。楽なもんですわ」

「とんでもない。うちなんか小豆やら餅をこねくり回してるだけです。こんないろんな食材を自在に操ることなんか、とても出来しません」

流と正幸が互いに譲り合う。

「炊き込みご飯のお代わり、ありますやろか」

正幸が遠慮がちに訊いた。

「まだまだありまっせ」

流が答えた。

「そんな厚かましいこと言うたらあかんでしょ」

良枝が正幸をにらんだ。

「ええんでっせ、奥さん。料理人はたくさん食べてもろたら嬉《うれ》しいんです。よかったら奥さんもどうです？」

流が良枝の重箱を覗《のぞ》いた。

「わたしはもう充分」

良枝が重箱に掌《てのひら》を伏せた。

流が厨房に戻って行った後も、ふたりは箸を動かし続ける。赤だしを啜《すす》って、正幸が良枝に向き直った。

「こんなして、ふたり揃うて旨いもんをゆっくり食べるの、何年ぶりやろな」

「覚えてないくらい、遠い日のような気がします」

良枝が宙に目を遣《や》った。

「ちゃんと捜してもらお。はらを決めたわ」

正幸が唇を一文字に結んだ。

「よかった」

良枝が両頬をゆるめた。

米のひと粒も残さず重箱を空にしたふたりは、茶を啜りながら、落ち着かない様子で厨房の様子を探っている。

「長いことお待たせしましたな。仕込みの段取りが悪うて」

ひと仕事終えて、流が厨房から出て来た。

「わたしらが割り込んだせいで、ご迷惑をかけたんと違うかしら」

良枝が肩を縮めている。

「何を言わはります。わしら料理人は食べてもろてナンボです。綺麗にさらえてもろて嬉しおすわ。ご案内しますんで、どうぞ奥へ」

流がカウンター横のドアを開けた。


店の奥へと長く伸びる細い廊下を、流の先導でふたりがゆっくりと歩いて行く。

「これが鰻《うなぎ》の寝床というやつですな。わたしは生まれも育ちも伏見やさかい、こういうのは滅多に見かけません」

正幸が後ろを振り返った。

「たまたま敷地がこんな形やっただけで、京町家てな立派なもんとは違いまっせ」

流が正幸に笑顔を向けた。

「両側に貼ってあるのは、お作りになった料理ですね」

廊下の両側の壁を埋め尽くすように貼られた写真を、良枝が興味深げに見ている。

「そうです。メモ代わりですわ。レシピをノートに記録したりせんものですから」

「うちも新しいお菓子を作ったときは、写真に撮ってアルバムに残してます」

正幸が足を止めて、写真に顔を近付けた。

「わしは昔から整理整頓っちゅうのが苦手でしてな。それでこの始末です」

立ち止まって、流が声を上げて笑うと、廊下の突き当たりのドアが開いた。

「どうぞお入りください」

こいしが招いた。

「後は娘がお聞きします」

流は店に戻って行った。

「失礼します」

先に正幸が部屋に入り、良枝がそれに続いた。

「どうぞおかけください」

こいしがソファを奨《すす》めると、ふたりは並んで腰かけた。

「ご面倒ですけど、ここにお書きいただけますか」

向かい合って座ったこいしがローテーブルに依頼書を置いた。

「頼むわ。字が下手やさかい」

ボールペンの挟まったバインダーを、正幸が良枝に手渡した。

良枝は膝の上にバインダーを置き、すらすらとペンを走らせて、ローテーブルに戻した。

「坂本正幸さんと良枝さん。おふたりで和菓子屋さんをやってはる。屋号は『香甘《こうかん》堂《どう》』。老舗のお菓子屋さんなんやろねぇ」

几帳面《きちょうめん》な良枝の文字を、こいしが指で追った。

「昭和三年の創業ですさかい、まだまだです。京都では百年経《た》たんと老舗とは言えませんしね」

正幸の控えめな物言いに、こいしは好感を持った。

「けど昭和三年て言うたら……後十五年で百年になりますやん。跡取りさんは？」

こいしが指を折って数えた。

「そのこともあって……」

正幸が良枝と互いに顔を見合わせた。

「お話は追々うかがうとして、何を捜したらええんです？」

こいしがひと膝前に出した。

「クリスマスケーキなんです」

良枝がきっぱりと答えた。

「そう言うたら、もうすぐクリスマスですね。ケーキ……ですか」

こいしが肩を落とした。

「ケーキはあきませんか？」

正幸が身を乗り出した。

「あかん、て言うことないんですけど。お父ちゃん、お菓子は苦手ですねん」

こいしはノートにクリスマスケーキらしきイラストを描いている。

「なんとかお願いします」

良枝が拝むような仕草をした。

「詳しいに聞かせてください」

こいしが背筋を伸ばした。

「六年前のちょうど今ごろなんですが、ひとり息子の翔《かける》を交通事故で亡くしました」

正幸が口を開いた。

「お気の毒に……。おいくつやったんです？」

暫《しば》く間を置いてから、こいしが言葉を返した。

「十歳になったばかりでした」

良枝が声を落とした。

「どう言うて、ええのか。びっくり、しはったでしょう?」

ふたりの顔色を窺いながら、こいしは言葉を探している。

「あまりに突然やったので、何が何やらわからんようになってしもて」

正幸の言葉に、良枝は小刻みに何度もうなずいた。

「うちの店は伏見の御香宮《ごこうのみや》さんの近くにあるんですが、自宅は少し離れてまして、目が行き届かんかったんです。わたしと家内とで店を切り盛りしてたんで、翔はいつも家で留守番でした。母が健康なときは世話をしてくれてましたが、寝たきりになってからは、いわゆる鍵っ子状態でした」

正幸が伏し目がちに、とつとつと語る。

「用心深い子やさかい案じてなかったんですけど、集団下校中、車に轢《ひ》かれてしもて」

良枝が話を繋《つな》いだ。

「そうやったんですか」

こいしは相槌《あいづち》を打つのがやっとだった。

「当時、通学路での事故が多発しとって、送り迎えする親御さんもようけ居《お》られました。うちもそうしてたら、あんなことにはならんかったかと思うと……」

正幸が唇を嚙《か》んだ。

「暴走車に轢かれたんやから、そんなこと後悔してもしょうがないやないですか。わたしらも同じ目に遭う運命やったかもしれんのを、翔がひとりで背負うてくれたんです」

良枝が自分に言い聞かせるように言った。

「別に禁止しとったわけやないんですが、家では和菓子一本槍《いっぽんやり》で、洋菓子を食べることは滅多にありませんでした。子供ながらに遠慮しとったんでしょうな。貯《た》めた小遣いで、ときどき近所のケーキ屋に洋菓子を買いに行ってたらしいんです。今はもう無いんですけど」

話の向きを変えて、正幸が横目で良枝を見た。

「翔のお通夜に、お店の方がクリスマスケーキをお供えに来てくれはって、そのとき初めて知ったんです。ときどき翔が買いに行ってたことを」

良枝がハンカチで目尻を拭った。

「お店の名前は覚えてはります?」

こいしがペンを構えた。

「『サン・ニュイ』というお店でした」

良枝が答えた。

「フランス語っぽいなぁ」

こいしが首をかしげながら、ノートに記した。

「初七日の日に、お礼に伺ったんですが、マンションの一階にある小さな店で、おばあさんがひとりでやってはりました」

良枝が言葉を足した。

「場所はどの辺りです？」

こいしがローテーブルに地図を広げた。

「墨染《すみぞめ》の駅がここで、これが郵便局やから、この辺やったと思います」

良枝が川の傍にある寺を指差した。

「お店をやってはったおばあさんの名前は？」

こいしが話の向きを変えた。

「うっかり、お名前を訊くのを忘れてしもて。忌明けのときにお礼状をお渡ししようと思うて伺ったときには、もうお店を閉めてはりました」

良枝が答えた。

「気が動転してしもてて、行き届かんことばっかりでした」

正幸が言葉を足した。

「その肝心のクリスマスケーキですけど、どんな味やったんです?」

こいしがペンを構えた。

「それが……」

またふたりが顔を見合わせる。

「ひと口しか食べてへんので」

良枝が口を開いた。

「わたしもほとんど……」

正幸が小声で言った。

「もったいないこと」

こいしが嘆息を漏らした。

「翔のためにお供えしてくれはったもんを、わたしらが食べたらいかんように思いました。と言うか、とてもクリスマスケーキを食べるような気持ちになれへんかったんで」

正幸は地図の一点を見つめたままだ。

「お気持ちはよう分かりますけど」

手がかりを無くして、こいしが肩を落とした。

「見た目には普通のクリスマスケーキでした。スポンジケーキに生クリームで飾り付けがしてあって、苺《いちご》がたくさん載っていました。底の生地が少し固《かと》ぅなってたような記憶が……」

良枝が宙を見つめながら思い出している。

「翔が好きやったチョコレートも飾ってありました。メリークリスマスと書いてあって……」

雫《しずく》が正幸の頰を伝った。

「見た目やのうて、味で覚えてはることありません？」

こいしが交互にふたりの顔を見た。

「特にこれと言って」

正幸が首をかしげた。

「ほんのひと口だけでしたから、はっきりとは言えへんのですけど、とてもフルーティーなクリームでした。ほっこりするような」

良枝が目を細めた。

「供えてる間中、ずっとええ匂いがしてたなぁ」

正幸が言葉を続けた。

こいしはノートに書き付けていた手を止めて、じっと考え込んでいる。良枝と正幸は不安そうな表情で、こいしの顔を見つめていた。

「ちょっと失礼な言い方になるかもしれませんけど……」

こいしが口を開くと、ふたりは揃って前かがみになった。

「味を覚えてはらへんということやったら、捜し出したとしても、それが同じかどうか分からへん、ということですよね。あんまり意味がないのと違うかなぁ、と思うんですけど」

こいしが遠慮がちに言葉を続けた。

「六年も経って、今なんでそのときのクリスマスケーキを捜そうと思わはったんです？」

しばらくの間、沈黙が流れた。

「けじめをつけたい。そう思うたんです」

ローテーブルに目を落としたまま、良枝がつぶやくように言った。

「あのときのクリスマスケーキを食べて、けじめにしたいんですわ」

正幸が続けた。

「けじめ、て。終わりていうことですか？　亡くなった息子さんのことを忘れたい、て言わはるんですか」

「忘れたいなんて思うはず、あるわけないやないですか。何があっても忘れることなんかあらしません」

正幸が潤んだ目できっぱりと言った。

「けど、いつまでも引きずってたらあかん、そう思うんです」

良枝が言葉を繋いだ。

「いつまでも、このままていうわけにはいかん……。いかんのです」

正幸が自分に言い聞かせるように、言葉に力を込めた後、誰もが言葉を発せずにいた。

「『香甘堂』はわたしで四代目になります」

沈黙を破って、正幸が重い口を開き、こいしは次の言葉を待っている。

「このままやとたぶん四代で途切れる。つい二、三年前までは、それでええと思うてたんです。わたしの代で店を閉めても先祖さんも許してくれはるやろうと」

正幸は天井を仰いだ。

「男の子やのに、うちのお菓子が好きで、しょっちゅう買いに来てくれる大学生が居るんです。この春に京南《きょうなん》大学を卒業なんですけど……」

　良枝が目を向けて、正幸に話の続きを促した。

「克也《かつや》君はホンマに和菓子好きでしてな、週に一度は必ず買いに来てくれます。半月ほど前、帰り際に、うちで修業させて欲しいと言い出したんですわ」

　正幸の顔が微《かす》かに明るくなった。

「和菓子好きが嵩《こう》じて、ていうことですね」

　こいしが相槌を打った。

「京南大学てな有名大学を出たら、いくらでも大手企業に就職出来るやろに、物好きな子やなぁと思うて」

　正幸は頬をゆるめた。

「わたしらかて、いつまでふたりで続けていけるか、先も見えませんし……」

　良枝が正幸の後を受けた。

「お名前は？」

「麻生《あそう》克也。二十二歳です」

　こいしの問いに良枝が間をおかず答えた。

「となると、行く行くはその克也さんに五代目を継いでもらうことになるんですか」

　こいしがふたりの目を真っ直《ます》ぐに見た。

「まだまだ先のことやと思いますが、それも考えた上で受け入れるかどうか、決めないかんやろし。正直なとこ、迷うてます。なんや翔を見捨てるような気がして」

　正幸がため息を吐《つ》いた。

「すぐに答えを出せるようなことやとは思うてません」

　良枝は姿勢を正した。

「捜し出せたとして、そのクリスマスケーキを食べたら、お気持ちが固まるんですか」

　こいしが直球を投げた。

「わかりません」

　正幸と良枝が同時に首を横に振った。

「……」

　こいしは返答に窮している。

「お分かりいただけへんかもしれませんが、この半月余りの間、わたしら夫婦が考えに考えて、辿り着いたんがこのケーキなんです。なんとかお願いします」

　正幸が深々と頭を下げると、慌てて良枝もそれに続いた。

「わかりました。お父ちゃんにも、お気持ちはちゃんと伝えます」

こいしがノートを閉じた。

「よろしくお願いします」

ふたりは揃って腰を折った。


店に戻って来た三人を待ち構えていたかのように、流が笑顔を向けた。

「あんじょうお聞きしましたやろか」

「わたしら夫婦の気持ちはぜんぶお話しさせてもらいました」

良枝が笑顔を返した。

「そら、よろしおした」

「今回は難問中の難問やで」

一旦は安堵《あんど》した流の表情が、こいしの言葉で一転して強張《こわば》った。

「難しいことをお願いして申し訳ありません」

正幸が頭を下げた。

「なんや、よう分かりまへんけど、せいだい気張らせてもらいます」

「よろしくお願いします」

良枝が流に頭を下げた。

「こいし、次のお約束はしたんか」

「うっかりしてたわ。二週間後の今日でよろしい？」

こいしが夫婦に顔を向けた。

「二週間後の今日ていうたらクリスマスイブやないか。そんな日に来てもらうやなんてご迷惑と違うか」

流は壁掛けのカレンダーを見た。

「わたしらは大丈夫ですけど……」

顔を見合わせたふたりは揃って首を縦に振った後、こいしに向き直った。

「若いお嬢さんの方こそご迷惑と違いますか」

良枝が訊いた。

「それやったらご心配要りまへん。毎年わしとふたりで鍋を突《つっ》いてますさかい」

「お父ちゃんは余計なこと言わんでええの。けどホンマどうぞお気遣いなく。なんにも予定はありませんし」

こいしが顔だけで笑った。

「今日のお代はお幾らに？」

良枝がハンドバッグから財布を出した。

「探偵料と一緒にまた」

流が答えた。

「よろしくお願いします」

良枝が頭を下げた。

「どうぞよろしゅうに」

正幸が続けて、ふたりは店を出た。

「お気をつけて」

流とこいしが並んで見送った。

「冷えて来たな」

流が冬空を見上げて、こぶしに息を吹きかけた。

「今までで一番難しいのと違うかなぁ」

流に続いて、こいしが店に戻った。

「ものは何やねん」

流が訊いた。

「クリスマスケーキ」

「ク、クリスマスケーキ?」

流が素っ頓狂な声を上げた。

「やっぱり断った方がええかなぁ」

一度開いたノートを、こいしが閉じた。

「何を言うとる。どんなことしても捜し出すがな。で、どんなケーキなんや」

流がノートを手に取った。

「『サン・ニュイ』か。フランス語の勉強から始めんとあかんな」

パイプ椅子に座り込んで、流が頁《ページ》を繰る。

「見つからへん方がええような気がする」

こいしがつぶやいた。

「なんでやねん」

ノートに目を落としたまま流が訊くと、こいしはかい摘《つま》んで事情を話した。

「あのな、こいし」

流が顔を上げ、こいしの言葉を遮って続ける。

「わしらは頼まれた食を捜すのが仕事や。その後どうなるかまでは、わしらが考えることやない。神さんに任せるしかないがな」

流の言葉に、こいしはこっくりとうなずいた。

2

家を出てから京都駅に着くまで、ずっとクリスマスソングが鳴っていたような気がする。指や足で、知らずに拍子を取っていることに、正幸と良枝は苦笑いした。

「翔にあなたがサンタさんやと見抜かれたときのこと、覚えてはります？」

良枝は七条通を北に渡り始めた。

「あれにはまいったなぁ。『サンタさんてパパやったんやな』と五歳の子供に言われたら、誰でもうろたえるわな」

正幸が屈託のない笑顔を見せた。

「あなたが枕元にプレゼントを置くところ、薄目開けて見てたなんて、翔らしいて言うたら翔らしいことですけどね」

そう言って、良枝は『鴨川食堂』を見上げた。

二階の窓に透けて見えるのはクリスマスツリーだろうか。レースのカーテン越しに色とりどりのオーナメントが見え隠れしている。

「利発な子やったな」

正幸は窓に目を留めてから、厚い雲に覆われる空を見上げた。

いつの間にかふたりの足元に寄って来ていたトラ猫が、ひと声鳴いた。

「どこの猫ちゃんなの」

屈《かが》み込んで良枝が頭を撫《な》でた。

「うちの猫ですねん。いっつも寝てばっかりなんで、ひるねて名前付けたんですよ」

店から出て来て、こいしが良枝の隣に屈んだ。

「この前お邪魔したときは居ませんでしたね。鳴き声ひとつしなかったようでしたが」

正幸が二度ほど首をかしげた。

「食べもん商売の店に猫なんか入れたらアカンて、お父ちゃんが言うもんやさかい、ご近所さんに面倒見てもろてるんです」

こいしがひるねを抱いて立ち上がった。

「うちも同じでしたな。店と家は別やからええと思うたんですが、菓子に毛でも入ったらどうするんや、と父に言われて、犬を飼うのを諦めた経験があります。それが頭に残ってたもんやさかい、翔が子犬を拾うて来たときも……」

　正幸が声を落とした。

「寒いさかい、どうぞお入りください」

玄関先にひるねを置いて、こいしが引き戸を開けた。

「またね、ひるねちゃん」

先に正幸が敷居をまたぎ、名残惜しそうに小さく手を振る良枝が後に続いた。

「なんや甘い匂いが充満してますな。ケーキ屋さんみたいや」

店に入るなり、正幸が頬をゆるめた。

「お客さんに言われましたんよ、洋菓子屋に鞍替《くら》えするんか、て」

こいしが笑った。

「朝から晩までケーキを焼き続けてましたんや。ようお越しいただきましたな」

流が厨房から出て来た。

「ほんまに申し訳ないことで」

コートを畳んで、良枝が頭を下げた。

「何をおっしゃる。大事な仕事ですがな。どうぞお掛けください」

流に促されて、ふたりは席に着いた。

「ちょっとはクリスマスらしいにせんとね。こっちはわたしの仕事です」

こいしは、赤いギンガムチェックのクロスをテーブルに掛けた。

「こいし、お前ツリー飾るのを忘れてるのと違うか」

「うっかりしてたわ。すぐに取って来ます」

舌を出したこいしは、小走りで厨房に入り、階段を上るような大きな足音を立てた。

良枝は窓越しに垣間《かいま》見たツリーを頭に浮かべた。

「お捜しのクリスマスケーキを見つけるには見つけたんですけど、それを再現するのに手間取りましてな。なんせケーキてなもん、焼いたことおへんさかい。ようやく今朝になって同じもんを焼くことが出来ました。すぐにご用意します」

言い残して、流は厨房への暖簾を潜《くぐ》った。

しんと静まり返った店に、階段を駆け下りる音が響く。

「すんませんね、バタバタして」

両手にツリーを抱えたこいしが店に戻り、置き場所を目で探っている。

「いろいろお気遣いいただいて申し訳ないです」

正幸が立ち上がった。

「せっかくやから、ご主人の横に置かせてもらいますね」

正幸の背中をすり抜けて、こいしが壁際にツリーを置いた。

「うちも久しぶりにツリーを飾りました。やっぱりいいものですね」

良枝が目を細めた。

「お飲みもんは、どないしましょ？　コーヒーかお紅茶か、日本茶もご用意出来ますけど」

テーブルクロスを整えながら、こいしが訊いた。

「お茶をお願いします。コーヒーも紅茶も飲み慣れないもので」

良枝の言葉に正幸がうなずいた。

「和菓子屋さんて、皆さん日本茶ばっかりなんですか」

「昔からのお店の方は、たいていそうなんと違いますか。今風のスイーツを作ってはるとこは別ですやろけど」

こいしの問いかけに正幸が苦笑しながら答えた。

「こいし、取り皿を用意してくれるか」

クリスマスケーキを載せた銀盆を、両手で捧《ささ》げ持つ流がテーブルの傍に立った。

「ケーキやし洋皿の方がええね」

「ジノリの白がええ。フォークも一緒にな」

ふたりの前に、流がクリスマスケーキを置いた。

「これがあのときの……」

正幸が覆いかぶさるようにして、ケーキに目を近付けた。

「大島聡子《おおしまさとこ》さんがご霊前に供えられたクリスマスケーキです」

流がケーキをじっと見つめる。

「この匂い……。覚えがあります」

良枝が鼻をひくつかせた。

「ほうじ茶がええと思うたんですけど、緑茶の方がよかったですやろか」

こいしが益子焼の土瓶をテーブルに置いた。

「ほうじ茶がありがたいです」

正幸が小さく微笑んだ。

「ナイフを置いときますんで、お好きなようにして召し上がってください」

銀盆を小脇に挟んで、流が一礼した。

「たっぷり入ってますけど、足らんかったら言うてくださいね」

こいしが唐津焼の湯呑に茶を注いで、厨房に下がって行った。

ケーキを前にして、ふたりは身じろぎひとつせず、じっと向き合っている。

直径二十センチほどのケーキは、たっぷりと白い生クリームをまとい、上面は苺で埋め尽くされている。サンタクロースを模《かたど》ったマジパン、星型の板チョコレートがその隙間に飾られている。

「こんななんやったんやな」

「こんなのだったんですね」

ふたりはただただケーキに見入っている。

三分ほども経ったころ、意を決したように正幸がケーキナイフを取った。

ケーキの中央にナイフを当て、しっかりと握りしめたまま動くことがない。

「やっぱりお前やってくれ」

額に薄《うっす》らと汗をかいた正幸が、ナイフを良枝に渡した。

「翔に、翔に見せてやりたかったですね」

ナイフを持つ良枝の目尻から涙があふれ出た。

「このまま持って帰ろ。仏壇に供えて、それから食べよやないか。翔に食べさす前に、こんな旨そうなケーキ食べられんわ」

正幸が大粒の涙を流した。

「そうそう、言い忘れましたけどな」

流が暖簾の間から顔を覗かせた。

口を開こうとした良枝を遮るように流が言う。

「ご仏前にお供えする分は別にもうひとつ用意してまっさかい、安心して召し上がってください」

言い終えて、流が暖簾を戻した。

「何もかもお見通しみたいやな」

正幸が指で目尻を拭った。

「お言葉に甘えていただきましょか」

良枝がケーキにナイフを入れた。

クリームからスポンジケーキ、スムーズに入ったナイフが最後に抵抗を見せた。

「一番底には固い生地が敷いてあるみたいですね」

良枝が二枚の皿に取り分けた。

「なんとも言えん、ええ匂いや」

フォークを手にした正幸は手にとった皿に鼻を近付けた。

「美味しい」

先に口に入れた良枝が叫んだ。

「ほんまや。こら旨いなぁ」

味わいながら、正幸が満面に笑みを浮かべた。

「こんな味だったんですね」

「こんな味やったんやなぁ」

ふたりはケーキの断面をまじまじと見ている。

「どないです？　同じでしたかいな」

京焼の急須を持って、流がふたりの傍らに立った。

「正直なとこ、味の記憶はほとんどないので、同じかどうか分かりません。けど、たしかにこんなんやったと思います」

正幸が何度もうなずく。

「わたしは少しずつ記憶が蘇《よみがえ》って来ました。香り、味、そして何よりこの歯ざわりが、あのときのケーキと……」

良枝が目を閉じた。

「よろしおした」

湯呑を取り替えて、流が緑茶を注いだ。

「どうやって捜し当てられたんです？」

正幸はハンカチで口を拭った。

「同じ京都やさかい、すぐにわかるやろ、と最初は甘ぅみとったんですが、けっこう難問でしたわ」

流が急須を持って微笑んだ。

「そうでしょうな。わたしらもあの店の近所で訊いたんですが、どなたも消息をご存知《の》や無ぅて」

正幸が流に椅子を奨めた。

「洋菓子商の組合にも入ってられなんだんで、その線からも手がかりが無ぅて。考えあぐねとったときに、ふと店の名前が気になりましてな」

パイプ椅子に腰掛けて、流がノートをテーブルに置いた。

「お父ちゃんはフランス語なんかさっぱりやさかい、うちが調べたんですよ」

厨房から出て来て、こいしが流の後ろに立った。

「お世話を掛けました」

良枝がこいしに向かって、小さく会釈した。

「『サン・ニュイ』というのは百夜という意味なんやそうです。百夜、変わった名前を付けはったなぁ、と思うて、ふと思い付いたんです。お店のあった場所は伏見の深草。深草と言うたら深草少将《ふかくさのしょうしょう》、そや〈百夜《ももよ》通い〉から名前を取らはったんやないかと」

二基の供養塔が並ぶ写真を流がテーブルに置いた。

「あの小野小町の伝説に出て来る話ですね。お能の〈通小町《かよいこまち》〉とは結末がちょっと違いますけど」

正幸が写真を取って、興味深げに見つめた。

「〈通小町〉では小町も少将も仏縁を得て救われるという結末ですわな。あっちは舞台も洛北《らくほく》になってますし、深草の店の名前には繋がらんでしょう」

「でも、それは鴨川さんの推測なんでしょ?」

良枝が怪訝《けげん》な顔付きで訊いた。

「お父ちゃんの勘はたいてい当たりますねんよ」

こいしが胸を張った。

「たしかに推測に過ぎまへんでした」、苦笑して流が続ける。

「切ない話ですわな。自分に惚《ほ》れ込んだ深草少将に、百夜通うたら結婚してもええ、てなことを小野小町が言います。その言葉通りに通い詰めたんやが、九十九夜目に、雪の中で凍死してしもた、っちゅう話。大島聡子さんは、これを店の名前にしはった」

流がしみじみと語った。

「その大島聡子さんという名前は、どうやって知らはったんです？」

正幸が前のめりになった。

「さっきお話しした、百夜と九十九夜がヒントになったんですわ」

流が京都のガイドブックをテーブルに広げた。

「手がかりも見つからんと、途方に暮れとったときに、何気無ぅこの本を見てましてな、気になる店を見つけたんですわ。これ、『ツクモ・ニュイ』というケーキ屋」

京都御苑《ぎょえん》のガイド頁に添えられた、ショップガイドを流が指したが、ふたりはキョトンとした顔をしている。

「ツクモは九十九やから、お店の名前は九十九夜になりますやん」

こいしが口を挟んだ。

「きっと何ぞ関係あるやろと思うて、訪ねてみましたんや。当たりでした。パティシエールて言うんですてな、女性の菓子職人。この『ツクモ・ニュイ』には大島かおりさんというパティシエールが居はりました。大島聡子さんのお孫さんです。ときどき

『サン・ニュイ』を手伝《てつど》うてはったんやそうです」

流が一葉の写真をテーブルに置いた。

「そうそう、こんなおばあさんでした。上品な白髪で、穏やかなお顔をしてはった」

良枝が写真を手に取った。

「週に一、二度この店に翔君が来てたことを、かおりさんはよう覚えてはりました。聡子さんはえろう可愛《かわい》がってはったみたいです。おばあちゃんにはええ話し相手やったんでしょうな」

流の言葉に正幸は目を潤ませた。

「小さい子供やのに、聞き上手やった」

「話したいこともようけあったやろに、わたしらの愚痴まで黙って聞いてくれてましたね」

良枝が誰憚《はばか》ることなく、洟《はな》をすすり上げた。

「これはアメリカンタイプのケーキなんやそうですが、それには深草という土地柄が深ぅ関わって来ます」

湿り気を払うように流が話を本筋に戻した。

「アメリカのケーキやったんですか」

正幸が訊いた。

「戦後しばらく経ったころ、深草にはアメリカの進駐軍が駐留してました。今の『龍谷大学』に進駐軍の司令塔があったんやそうです。旧一号館図書館の二階ですわ。留学経験もあって、英語に堪能やった聡子さんは通訳として雇われはりました。そこで出会うた将校さんの家に招かれてホームメードケーキの作り方を教わらはった。最初は自宅でケーキ教室を開いてはったんですが、十年ほど前から、週に三日だけ小さな店をやってはった。通学路の横道にあったんで、翔君は目ざとく見つけたんでしょうな」

在りし日の店の写真を流が見せた。

「一番底に敷いてある生地をビスケットて言うんですて。小麦粉の生地にラードを足して、重曹で膨らませますねん」

こいしが口を挟んだ。

「このクリーム、ええ匂いがするんですけど」

良枝が指でクリームを掬《すく》った。

「桃の果汁を混ぜ込むんやそうです。元々、伏見は桃の名産地でしたさかい。伏見桃山という地名はその名残りですわな」

「そういうことやったんですか」

流の言葉に良枝が小さくうなずいた。

「あとひとつで百。せっかく積み重ねてきて……。さぞや無念やったでしょうな」

正幸がしんみりと言った。

「たしかに満願成就とはならなんだけど、その想《おも》いは人の胸を打ちます。せやからこうして店の名前になって後世まで伝わるんです」

流が正幸の目を真っ直ぐに見つめた。

正幸は無言で流の視線を受け留めている。

「熱いお茶でも淹《い》れましょか」

息苦しさを感じてか、こいしが口を開いた。

「一刻も早く供えてやりたいので、そろそろ……」

正幸に目配せし、良枝が腰を浮かせた。

「そうですな、早ぅ飾ってあげんと」

流が立ち上がって厨房に急いだ。

「この前のお食事代と合わせてお支払いを」

正幸が財布を出した。

「お気持ちに見合うた分を、こちらに振り込んでいただけますか」

こいしがメモ書きを渡した。

「分かりました」

メモを折り畳んで、正幸が財布に仕舞った。

「もうお作りになることはないやろと思いますが、一応レシピも入れておきます。大島聡子さんが、かおりさんに伝えはった覚書きです。それとこれ、大事なもんをあずかって来ました。翔君が聡子さんにプレゼントしはった絵です。聡子さんは額に入れて大事にしてられたみたいです」

手提げの紙袋から小さな額を取り出して、流が正幸に渡した。

「うちの〈桜川〉や。ほれ見てみ。よう描けてるわ」

目を輝かせて、正幸は良枝に見せた。

「ほんまや。売れ残ったんを、しょっちゅう持って帰って食べさせて」

良枝が目を潤ませた。

「本物のお菓子は持って来れへんけどと言うて、この絵をプレゼントなさったそうです」

「うちの店の一番の名物で、お能の演目から〈桜川〉と名付けた焼き菓子です。伏見の御香宮さんには立派な能舞台があるんで、先々代から伝わってます」

流の話に涙を流しながら、良枝が言葉を加えた。

「しっかりお菓子屋さんの宣伝もしてはったんや」

こいしが声をつまらせた。

「何よりの宝です」

正幸がそっと絵を紙袋に戻した。

「ありがとうございました」

傍らに立つ良枝が深々と頭を下げた。

「冷えて来ましたな。今夜は降るかもしれまへんで」

引き戸を開けて、流が白い息を吐いた。

「ホワイトクリスマスになったらええのにね」

駆け寄って来たひるねを、こいしが抱き上げた。

「ひるねちゃん、元気でね」

良枝がひるねの頭を撫でた。

「明日、翔とご先祖さんに克也君のことを報告に行こうと思うてます」

正幸が背筋を真っ直ぐに伸ばした。

「よろしおしたな」

流が繰り返した。

「お世話になりました」

ふたりは揃って頭を下げ、正面通を西に向かって歩き出した。

「坂本さん」

流が呼び止めると、ふたりは振り向いた。

「〈家、家にあらず。継ぐをもて家とす〉。世阿弥《ぜあみ》の言うとおりです」

流の言葉を聞き終えて、正幸は胸の前で掌を合わせた。

二人を見送って、こいしと流は店に戻る。名残りを惜しむかのように、ひるねがひと声鳴いた。

「さっきの呪文みたいなんは何？」

こいしがテーブルクロスを外した。

「呪文やないがな。世阿弥の『風姿花伝』の最後に出て来る言葉や」

「フランス語は強いけど、能はさっぱりや。どういう意味なん？」

「家っちゅうもんは血筋だけで繋がるもんやない。その道を伝えるもんが居ってこそ、家と呼べる。ざっくり言うたらそんな話や」

器を下げて、流が厨房の暖簾を潜った。

「そんな難しい話、坂本さん分からはったやろか」

こいしがテーブルを拭いた。

「能の演目を菓銘にしてはるくらいやから、きっと分かってはる」

流がカウンター越しに言った。

「〈桜川〉てどんな話？」

片付け終えて、こいしがカウンター席に腰を下ろした。

「母ひとり、子ひとりが離れ離れになる哀《かな》しい話や」

流は土鍋を火に掛けた。

「それ聞いただけで泣きそうになるわ。そんな辛《つら》い話をお菓子の名前にしたらあかんやん」

「最後は母子がちゃんと再会できるていう、ハッピーエンドやからええんや」

ケーキを手にして、流が仏壇の前に座り、こいしは慌てて茶の間に駆け込んで、隣に正座した。

「掬子のことやさかい、翔君を探しとるやろ」

「翔ちゃんと一緒にケーキ食べてあげてな、お母ちゃん」

こいしが手を合わせた。

「三人でクリスマスケーキ食べたこと、いっぺんもなかったなぁ」

流が仏壇に話し掛けた。

「暮れは忙しいんや、て言うて、お父ちゃんが居いひんかっただけやん。クリスマスはいっつも、お母ちゃんとふたりやった」

こいしがしんみりと言った。

「ケーキはもうええさかい、酒くれて掬子が言うとる」

「お父ちゃんが飲みたいだけと違うん」

ふたりの泣き笑いする声が仏壇にこだました。

第四話　焼飯

1

モデルという仕事柄、人に見つめられることには慣れている。

黒いカシミヤコートをさらりと羽織り、栗色《くりいろ》の髪をなびかせ、エナメルのブランドバッグを肩から提げて闊歩《かっぽ》する。これが東京ならまったく目立たないが、東本願寺を背にし、仏具屋が並ぶ正面通を歩くとなると話は別だ。宝塚スターを想《おも》わせるマニッ

シュな風貌とスラリと伸びた長身も相まって、すれ違った後には誰もが振り返る。白《しら》崎初子《さきはつこ》はいつになくうつむき加減になり、気が付くと目指す店の前に立っていた。

ニャーオとひと声鳴いて、一匹のトラ猫が初子に近付いて来る。

「たしか、ひるねちゃん、って言うんだよね」

屈《かが》み込んだ初子は、ひるねの頭をゆっくりと撫《な》でる。

「初《はっ》ちゃんやないの」

店の中から出て来た鴨川こいしは初子に駆け寄った。

「おひさしぶり。今日はお父さまにお会いしたくて来たの」

立ち上がって初子がこいしに目配せした。

「まぁ、中に入《い》って。汚い店でごめんな」

初子の出で立ちを横目にしながら、こいしが引き戸を開けて招き入れた。

「ひるねちゃん、また後でね」

初子がひるねに手を振った。

「何年ぶりになるんかなぁ」

こいしが初子にパイプ椅子を奨《すす》めた。

「京都には仕事でよく来るんだけど、こいしと会うのは……」

コートを脱いで初子が天井に目を遊ばせる。

「アケミの結婚式が最後と違うかなぁ。初子はちょっとも変わらへんね。相変わらずスタイルもええし」

こいしがまじまじと初子を見つめた。

「こいしちゃんもよ。京都西山女子大きってのの才媛だったころと変わってない」

「何言うてんの。今はしがない食堂のオバチャン」

こいしが肩をすくめた。

「ごちそうさま。今日の五目ソバも旨《うま》かったです」

カウンター席に座り、ふたりに背を向けていた福村浩《ふくむらひろし》が立ち上がった。

「おおきに。浩《ひろ》さんには量が足らんかったんと違うかな」

厨房《ちゅうぼう》から鴨川流が顔を覗《のぞ》かせた。

「餡《あん》かけにすると腹持ちがいいですから、これくらいでベストです」

微笑《ほほえ》んで浩が五百円玉をカウンターに置いた。

「寒いし気ぃ付けてな」

こいしが声を掛けた。

「こいしちゃんもな」

浩はこいしの肩をポンポンと二度ほど叩《たた》いて、店を出て行った。

「イイ人？」

初子が意味ありげな視線をこいしに送った。

「そんなんと違うわよ。ただのお客さん。浩さんは寿司屋《すし》の大将やねんよ」

こいしが頬を赤らめた。

「こいしちゃんは昔からお寿司大好き人間だったからなぁ」

初子がこいしの顔を覗き込んだ。

「その声は初子ちゃんやないか」

前掛けで手を拭いながら、流が厨房から出て来た。

「おじさま、お久しぶりです」

初子がちょこんと頭を下げた。

「雑誌や何かで、しょっちゅう見かけてるさかい、久しぶりという感じがせんわ。相変わらずべっぴんさんやなぁ。こいしと同級生やとは……」

流がふたりを見比べる。

「比べる方が間違《まちご》うてるわ。それより初ちゃん、お腹《なか》の方はどない？」

頬を膨らませてから、こいしが初子に訊《き》いた。

「『鴨川食堂』と広告に書いてあったから、ひょっとしたら美味《おい》しいものが食べられるかなぁ、と思って。実は朝から何も食べてないの」

初子が舌を出した。

「初ちゃんな、探偵の方に用があって来はったんよ。後で話聞くよって、思い切り美味しいもん食べさせてあげて」

こいしが言葉に力を込めた。

「腕によりをかけて、べっぴんさんスペシャル作るさかい、しばらく待っとってな」

流が小走りで厨房に戻って行った。

「けど、ようわかったわね。初ちゃんが遊びに来てくれてたころは、紫竹《しちく》の家やったやろ?」

こいしが急須に茶の葉を入れた。

「アケミの結婚式のときに言ってたじゃない。駅の近くに引っ越したって」

「いろいろあって、ここのことはあんまり言わんようにしてるんよ」

「『料理春秋』の広告を見て、ピンと来たの。〈鴨川食堂・鴨川探偵事務所――食捜します〉なんて、流のおじさまに違いないと思って」

初子が店の中を見回している。

「初ちゃんは前からエエ勘してたもんな」

こいしが京焼の急須に湯を注いだ。

「掬子おばさまは？」

「奥の部屋に」

こいしが店の奥へ顔を向けた。

「お参りさせてもらえるかな」

「もちろん」

こいしが案内して、初子が仏壇の前に正座した。

「おかあちゃんは初ちゃんのこと、自分の娘みたいに思うてはったな。うちが妹で、初ちゃんはお姉ちゃん。同い年やのに」

傍らに座るこいしが薄《うっす》らと涙ぐんだ。

「掬子おばさまには、いつも言われてた。悪いオトコに騙《だま》されたらアカンよ、って」

線香を上げて、初子が立ち上がった。

「こいしは騙す方やけど、初ちゃんは騙されるタイプやて、よう言うてたな。どんだけうちは悪もんやねん」

こいしがむくれ顔をした。

「わたしは田舎ものだから、掬子おばさまは心配なさってたのよ」

「よう言うわ。うちと初ちゃんがふたり並んで、どっちが田舎もんやて訊いたら、百人が百人うちやと言わはるで」

ふたりは声を上げて笑った。

「その笑い声は、西女《にしじょ》のころとちっとも変わっとらんな。さ、お待ちどおさん。べっぴんさん専用のお弁当。松花堂《しょうかどう》にしといた」

流がテーブルに黒塗りの蓋付き弁当箱を置くと、初子はいそいそとその前に座った。

「流のおじさまは食べる方専門だと思ってましたけど、本格的な料理もお作りになるんですね」

「蓋を取ってみてくれるか」

「なんだかドキドキする」

初子が両手で蓋を持ち上げ、甲高い声を上げた。

「すごーい。何これ？　割烹《かっぽう》屋さんみたい。これを松花堂って言うんだ」

初子が輝かせた目を、弁当箱の中に走らせた。

「雑誌やらでよう見かけるで。美味しいもんをしょっちゅう食べてるみたいやから、口に合うかどうか、自信ないんやけどな」

言葉とは裏腹に流は腕組みをして、初子の横顔をまじまじと見ている。

「お父ちゃん、美人に見とれてんと、ちゃんと料理の説明しいなアカンやんか」

こいしがせっついた。

「そやったな」我に返って、流が弁当箱に視線を移した。「松花堂いうのは元々絵の具箱やったんや。仕切りで田の字に区切ってあるやろ。左上が前菜。若狭《わかさ》で揚がった寒鯖《かんさば》のキズシ、日生《ひなせ》の牡蠣《かき》の甘露煮、京地鶏の東寺揚《とうじあげ》、間人蟹《たいざがに》の酢のもん、鹿ケ谷《ししがたに》かぼちゃの炊いたん、近江《おうみ》牛の竜田揚げ。どれもひと口で食べられると思うわ。右上は棒鱈《ぼうだら》と海老芋《えびいも》の炊合せ。京都では〈いもぼう〉と呼んでる。水尾の柚子《ゆず》の皮を刻んであるさかい、一緒に食べたらさっぱりして美味しいで。右下はお造りや。一塩した若狭グジを昆布で〆《しめ》たんと、富山の寒ブリを薄造りにして、聖護院蕪《しょうごいんかぶら》で巻いたんと。どっちも細切りにした塩昆布で食べてみて。左下のご飯はスッポンの出汁《だし》で炊いといた。薄味やさかいに、白ご飯と同じように食べてもろたらええ。小さな猪口《ちょこ》に入ってるのは生姜《しょうが》の絞り汁や。生姜が好きやったら掛けてみて。味が引き締まるで。おつゆは白味噌《みそ》。具は粟麩《あわふ》。ま、ゆっくり食べてんか」

淀《よど》みなく説明を終えて、流が盆を小脇に挟むと、こいしは初子の肩を軽く叩いて厨房に向かった。

初子は両手を膝の上で揃《そろ》え、じっと弁当を見つめている。店の外でひるねが小さく鳴き声を上げた。

二分ほど経《た》って、ようやく初子は手を合わせてから箸を取った。最初に箸を付けたのはグジの昆布〆だった。細切りの塩昆布を挟み、山葵《わさび》を載せて口に運ぶ。

「美味しい」

思わず口をついて出た言葉だった。スッポンの出汁で炊いたというご飯に竜田揚げを載せて食べると知らず笑みがこぼれる。牡蠣の甘露煮、キズシ、いもぼう。どれを食べてもしみじみとした美味しさが口いっぱいに広がる。

「お茶、足りてる？」

万古焼《ばんこやき》の急須を持って、こいしが初子の傍らに立った。

「ありがとう。おじさまってこんなにお料理じょうずだったんだ。あんまり美味しいのでビックリしちゃった」

初子が唐津焼の湯呑《ゆのみ》に手を添えた。

「いっつもスゴイご馳走《ちそう》食べてるんやろ？　口に合うてよかったわ。お父ちゃんとあっちで心配してたんよ」

茶を注ぎ終えて、こいしがにっこり微笑んだ。

「どんなものを食べてるか、で人って判断されちゃうのよね」

「その話は後でちゃんと聞くさかい、今はゆっくり食べて。何やったらお酒持ってこか」

こいしが笑みを浮かべた。

「飲んじゃおうかな」

初子が甘ったるい声を出した。

「西女きっての酒豪やったもんな。冷酒でええ？　それとも燗《かん》つけよか」

急須を手にして、こいしは厨房に向かう。

「じゃ、ぬる燗でお願いします」

「はいはい。ホンマ変わらへんね」

振り向いてこいしが言った。

再び箸を手にした初子は、ブリの刺身を取った。白い蕪を巻いたブリの薄造りは、きらきらと光っている。山葵をたっぷりと載せ、その上に塩昆布を散らして舌に載せる。磯の香りと蕪の清冽《せいれつ》な味わいが渾然《こんぜん》となる。脊髄に稲妻が走ったような気がして、初子は背中をびくんとさせた。

「冷酒やのうて、ぬる燗とは。さすがやな。うちでよう飲んでたことを思い出したわ」

流が備前の徳利を持って、初子の前に青九谷の杯《さかずき》を置いた。

「その節はずいぶんご迷惑をおかけしました」

初子が杯を手に取って、ちょこんと頭を下げた。

「お口に合うてホッとした。地味な料理ばっかりやさかい」

流が残り少なくなった弁当に目を遣《や》った。

「地味だなんて、とんでもない。こういう本物の京料理なんて滅多に口に出来ません」

初子が真剣な表情で言った。

「初子ちゃんにほめてもろて嬉《うれ》しいんやけど、わしの作る料理は京料理てな立派なもんやない。誰に教わったんでものうて、まったくの我流やさかいな」

「警察官としても活躍されて、こんな料理をお作りになる。おじさまはスーパーマンですね」

「そんなたいそうな」

流が頭をかいた。

「何を照れてんねんな。初ちゃんは、おじょうず言うてくれてるだけやんか」

こいしが流の背中を小突いた。

「そんなことないわよ。本当にそう思っているんだから」

初子が唇を尖《とが》らせた。

「初子ちゃんがゆっくり食べられへんやないか。奥に行くで」

流がこいしの袖を引っ張った。

「お酒、足らんかったら声かけてな」

流に引きずられるようにして、こいしは厨房に消えた。

初子は青九谷の杯をゆっくりと傾ける。酒が喉を通って行くのをたしかめると、小さくため息を吐《つ》いた。

箸を取って東寺揚を摘《つま》んだ。ゆっくりと嚙《か》み締め、湯葉の香りを愉《たの》しむと、また杯を傾けた。箸と杯を交互にするうち、弁当箱が空になった。徳利を振ってみると、まだ少し酒が残っている。いつもなら酒が先に無くなって、料理が残るのに。

初子は最後に父親と食事したときのことを思い出した。とは言っても小学生のころのことだから、曖昧な記憶しか残っていない。立派な座敷のある、田舎では珍しい料亭だった。今から思えば父が会社の接待で使っていた店なのだろう。年輩の仲居とも親しい間柄のようだった。刺身、天ぷら、ステーキ。最上級のご馳走だったのだろうが、どれひとつとして美味しかったという記憶がない。

食事を終え、父はデザートのメロンを泣きながら食べていた。当然ながら父は、その席の持つ意味を分かっていたのだろうが、小学生には知る由もなかった。初子は空になった杯を掌《てのひら》で弄《もてあそ》び、天井に目を遊ばせた。

「もう一本つけよか」

盆を小脇に挟んで、流が徳利を振った。

「充分いただきました」

初子が手を合わせた。

「こいしが奥の部屋で準備しとるさかい、いっぷくしたら案内するわ」

流が松花堂の蓋をした。

「ありがとうございます。本当に美味しかったです。おじょうずとかじゃなくて」

初子が流の目を真《ま》っ直《す》ぐに見た。

「わかっとる。初子ちゃんはべんちゃらを言えるような子やない。それはおっちゃんが一番よう知っとる」

流がその目を見返した。

「うまく世渡り出来るようになりなさい、っていつもプロダクションの社長に言われているんです」

「初子ちゃんは初子ちゃんのままでええのと違うか」

テーブルに視線を落とした初子は、流の言葉を噛みしめている。

「酔い覚ましにお茶でも持ってこか？」

流が訊いた。

「大丈夫です。そろそろ案内していただけますか」

初子が腰を浮かせた。


流の先導で、店の奥から廊下へ出て、ヒールの音を響かせながら、初子はゆっくりと歩を進めた。

「どうぞ」

こいしが突き当たりのドアを開けて微笑んだ。

「ほな、こいし。頼んだで」

流がふたりに背を向けると、初子は小さく会釈して敷居をまたいだ。

「店よりは、こっちの方がましやろ。どうぞ座って」

こいしがロングソファを指した。

「レトロな雰囲気でいいじゃない。お庭も見えるんだ」

部屋の中を見回してから、ゆっくりとソファに腰をおろした。

「かたいこと言うみたいやけど、記録を残しとかんならんので、依頼書を書いてくれるかな」

向かい合って座るこいしがバインダーをローテーブルに置いた。

「なんだか緊張するわね」

バインダーを膝に置いて、初子がペンを走らせる。

「こんなして初子と向かい合うとは思うてもみいひんかったわ」

初子の手元をこいしが覗き込んだ。

「これでいいかしら。所長さん」

初子がバインダーをこいしに手渡した。

「はい。白崎初子さん。それで何を捜したらええんです？」

こいしがノートを開いた。

「焼飯を捜して欲しいの」

「焼飯？　初ちゃんが焼飯？」

こいしが目を丸くした。

「何かヘンかしら」

「初ちゃんのことやからセレブっぽいもんかなぁと思うてたんで」

初子が天井に向かってため息を吐いた。

「せやかて雑誌なんかで見てたら、初子のお気に入りの店て、高級フレンチとか三ツ星イタリアンとか、そんな店ばっかりやん」

「こいしには言ったと思うけど、わたしは四国の田舎で生まれて、十歳までそこで育ったの。事情があって京都の叔父に引き取られた。捜して欲しいのは子供のころに母がよく作ってくれた焼飯」

言葉を選びながら、初子がゆっくりと語った。

「初ちゃんの子供のころのことは、何や訊いたらアカンていう雰囲気やったしな。けど、その焼飯を捜そう思うたら、もうちょっと詳しいに訊かんとあかんねんよ。かまへんの？」

こいしが上目遣いに初子を見た。

「プロダクションの社長からも、子供のころの話をするのは強く止められているんだけど、こいしを信用してるから」

初子が背筋を伸ばした。

「友達やからやのうて、探偵いうのはお客さんの秘密を守るのが鉄則やから、安心して」

「ありがとう」

小さく頭を下げた初子は、喉の渇きを潤そうとしてか、湯呑の茶を啜《すす》った。

「わたしは愛媛県の八幡浜《やわたはま》という港町で生まれて、十歳になったとき、父の勤めていた地元の会社が潰れてしまったの。元々が病弱だった母は、その心痛もあったんだと思うけど、亡くなってしまって……」

初子が声を落とした。

「差支えなかったらご両親のお名前を聞かせてくれる?」

「父は白崎文雄《ふみお》。母は白崎泰代《やすよ》」

「お母さんが亡くなった後、お父さんは?」

「在職中、不正経理に関わっていたらしくて、罰金刑を受けたそうなの。自分ひとりが生きていくので精一杯だと思ったんでしょうね。わたしを叔父に託して、季節労働者って言うのかしら、日本中あちこちの現場に行って働くようになったみたい」

「大変やったんやね」

こいしが短く言葉を挟んだ。

「ありがたいことに、子供に恵まれなかった叔父と叔母は、我が子同然に育ててくれたので、わたしは何不自由なく育った。資産家だからずいぶん贅沢《ぜいたく》もさせてもらったし、本当に感謝している」

初子が天井を見上げた。

「生まれもってのお嬢さんやとばっかり思うてたわ」

「叔父と叔母も、八幡浜のころの話はしないように、って言ってたし。でも、騙してたみたいだね。ごめんなさい」

初子が頭を下げた。

「そんなん全然かまへん。それより、捜すのはどんな焼飯？」

「それが、よく覚えてないの。とっても美味しかったことだけは間違いないのと、中華料理屋さんで食べる焼飯とは全然違うことだけはたしかなんだけど」

「どう違うん？」

こいしがペンを構えた。

「どうって言われても」

しばらく考え込んでから、初子が答える。

「少し酸っぱかったような気がする」

「酸っぱい焼飯？　まさか腐ってたんやないよねぇ」

　こいしが苦笑いを浮かべた。

「そんなんじゃなくて、後口がいつもさっぱりしていた」

「レモンでも絞ってはったんかなぁ。見た目はどうやった？」

「なんとなくピンクっぽかったような気がする」

「ピンク？　焼飯が？」

　こいしが口をあんぐりさせた。

「ほら。焼飯って茶色っぽいでしょ？　焼豚とかが入っているから。あんな暗い色じゃなかったの。学校から帰ると茶の間の机に布巾を掛けて置いてあったわ。その布巾を取った瞬間に見た感じが、ピンクっぽかった記憶があるのよ」

「置いてあった、ていうことは、お母さんは留守してはったんやね」

「母はパートに出ていたみたいで、夜遅くにならないと帰って来なかった」

「レンジでチンして、ひとりで食べてたんや」

　こいしがノートにペンを走らせる。

「宿題しながら」

　初子が小さく笑った。

「お母さんて、どこの会社に勤めてはったんやろ」

「うろ覚えなんだけど、愛媛スモウなんとかって会社だったような」

初子が首をかしげながら答えた。

「愛媛スモウ？　あの相撲取りの相撲？　どんな会社なんやろ」

こいしが声を上げて笑った。

「違うかもしれないわね。ひとりで夕ご飯を食べるときって、いつもテレビで相撲をやってたような気がするのよね」

初子が苦笑いした。

「それはええとして、味で覚えてることないかなぁ。普通の焼飯との違い」

こいしがノートの頁《ページ》を繰った。

「記憶が曖昧なんだけど、なんとなく魚っぽい味がしたの。きっと肉の代わりに魚を使って焼飯を作ってたんじゃないかなと思う。八幡浜って港町だしね」

「魚を使《つこ》うた焼飯か。なんか想像できひんな」

ペンを置いて、こいしが腕組みをした。

「ごめんね、難しい依頼で」

「謝ることやないわ。お父ちゃんも捜し甲斐《がい》があると思う。けど、なんで今になって昔の焼飯を捜そうと思うたん？」

　こいしが初子の目を真っ直ぐに見つめた。

　こいしの問いかけにかすかに顔をくもらせ、しばらく間を置いてから、やっと初子は口を開いた。

「先週ね、プロポーズされたの」

「やったやん。おめでとう初ちゃん」

　こいしが手を叩いた。

「ありがとう」

　初子が伏し目がちにささやいた。

「お相手は誰なん？」

　こいしが身を乗り出した。

「角澤圭太《かくざわけいた》さんっていう人なんだけど」

「角澤さん？」

「スクエア自動車の専務さん」

　初子が薄らと頬を染めた。

「ていうことは、ひょっとして御曹司？」

こいしが大きく目を見開くと、初子は小さくうなずいた。

「スクエア自動車のコマーシャルに出演して、それがご縁で」

「スゴイやん、初ちゃん」

こいしが鼻息を荒くした。

「でも、まだお受けしてないの。父の過去の罪も彼は知らずにプロポーズしたわけだし」

初子がテーブルに目を落とした。

「そんなん関係ないやんか。きっと分かってくれはるて」

「日本を代表する自動車メーカーの御曹司と、田舎の貧しい家に生まれた犯罪者の娘が釣り合うと思う？」

初子が哀《かな》しい目をした。

「そない言うたかて……」

こいしの声が小さくなった。

「隠し通せるわけはないから、ちゃんとお話ししようと思ってる」

「それと焼飯がどう繋《つな》がるん？」

「手料理を振る舞って欲しいと彼に頼まれたの。いろいろ迷ったんだけど、母の焼飯を再現して食べてもらえば一番分かりやすいだろうと思う」

初子が笑顔を歪《ゆが》めた。

「初ちゃんらしいなぁ」

「わたしが毎週料理教室に通っているのを、彼は知っているから、きっとフレンチか和食の豪華な料理を作ると思っている。驚くでしょうね」

「どう言うてええのか、分からへんけど、初ちゃんが幸せになれるように頑張るわ」

こいしが真顔になってノートを閉じた。

「ありがとう。本当のわたしをちゃんと知ってもらうには、あの焼飯を食べてもらうのが一番だと思う」

初子が唇を真っ直ぐに結んで腰を浮かせた。

いくらか重い足取りでこいしが廊下を歩き、その後を初子が無言で追う。食堂に戻ると、流は広げていた新聞を畳んで、こいしに顔を向けた。

「あんじょう訊いていたげたんか」

「しっかり聞いていただきました」

問いかけに答えたのは初子の方だった。

「その顔やと、どうやら難問らしいな」

うかない顔をしているこいしの肩を流が叩いた。

「難しいことをお願いして申し訳ありません」

無言のままのこいしに代わって、初子が口を開いた。

「難問の方が捜し甲斐がある、っちゅうもんや。初子ちゃんは気にせんでええ」

流が胸を張った。

「二週間後でええかな」

気を取り直したように、こいしが初子に訊いた。

「大丈夫。間に合うと思う。さっきの依頼書にメールアドレスを書いておいたから連絡して」

「お父ちゃんに頑張ってもらわんとな」

こいしが横目で流を見た。

「せいだい気張って捜すわ」

流が初子に笑顔を向けた。

「よろしくお願いします」

初子が深々と頭を下げて、引き戸を開けた。

「初子ちゃん、忘れもんやで」

店を出た初子に、流が黒いコートを差し出した。

「またやっちゃった」

受け取って、初子が舌を出した。

「見かけによらん慌てんぼうさんは、昔のままやね」

こいしが小さく笑った。

「ひるねちゃん、また来るからね」

足元に駆け寄ってきたひるねの頭を初子が撫でた。

「今日はこれからどないするんや？」

流が初子に訊いた。

「仕事が入っているので東京に戻ります」

言いながら、通りかかったタクシーに向かって初子が手を上げた。

「忙しいしてるんやね。たまには京都でゆっくりしていったらええのに」

こいしが惜しむように言った。

「実家にも寄りたかったんだけど」

乗り込んで初子が言った。

「気ぃ付けて帰りや」

流が声をかけた。

初子が頭を下げると、タクシーはゆっくりと走りだした。

見送って、流とこいしは店に戻った。

「何を考え込んどるんや」

「捜してええもんかどうか。悩んでるんよ」

こいしは話の概略を流に伝えた。

「依頼を受けた以上は、全力で捜さんならん。それをどうするかは初子ちゃんが考えることや。お前がどうのこうのと考えることやない」

流がきっぱりと言い切った。

「そうやね。とにかく捜さんことには始まらへんね」

吹っ切れたような表情で、こいしが流にノートを手渡した。

「焼飯か。しばらく食うとらんな」

流がゆっくりとページを繰って、指で字を追う。

「魚っぽいピンク色の焼飯。けっこう難題やろ」

流の背中越しにこいしが指差した。

「八幡浜なぁ。たしかに魚はようけ揚がるやろけど、焼飯にわざわざ使うやろか」

流が首をかしげた。

「マグロかカツオみたいな赤身を刻んだんと違う？」

「火ぃ入れたら黒ぅなる。ピンクにはならんで」

流が苦笑した。

「生姜の酢漬けを振りかけてはったとか。お寿司とかに付いてくるやつ」

「それやったら魚の味はせんやろ。ま、とにかく八幡浜へ行って来るわ」

流はノートを閉じた。

「お父ちゃんは昔から現場主義やもんな。しっかり頼むで」

こいしが流の背中を叩いた。

2

勝負服という軽い言葉を初子は好まないが、意気込みはそれに通じるものだ。コートを赤に替え、バッグもそれに合わせて深紅に替えた。

目指す建家が目に入り、初子は歩みをいくらか遅くした。

「ひるねちゃん、また来たよ」

屈み込んで初子がひるねの喉を撫でる。

「ひるね、初ちゃんのお洋服よごしたらあかんよ。きっと高いねんから」

引き戸を開けて、こいしが出て来た。

「大丈夫よ。ひるねちゃんはおりこうだから」

立ち上がって初子が、軽くスカートの裾を払った。

「お父ちゃん、お待ちかねやよ」

こいしが初子の背中を押した。

「なんか緊張するな」

初子は胸に手を当て、深呼吸してから店の敷居をまたいだ。

「ようこそ」

流が笑顔で迎えた。

「今日はよろしくお願いします」

初子がぎこちなく挨拶した。

「京都は寒いやろ」

赤いコートを脱いだ初子にこいしが言った。

「東京とは寒さの質が違う気がするわ。でも、今日はそれほどでもないんじゃない？」

「準備万端やさかい、いつでも言うてや」

流が茶を出した。

「ありがとうございます。少し心の準備をしてからにします」

初子が何度も肩を上げ下げしている。

「お酒でも持ってこうか？」

こいしが初子の顔を覗き込んだ。

「酒は後にした方がええ。初子ちゃんには、子供のころに戻ってもらわんならんからな」

「もう大丈夫です。お願いします」

息を整えて、初子が背筋を伸ばした。

「三分後に持ってくるわな」

流が厨房に入っていった。

初子は目を閉じて口をすぼめている。

冬の乾いた空気が店の中にまで入り込んでいるのか、厨房の小さな音までが客席に響く。〈チン〉と電子音がして、レンジの扉を開け閉めする音が聞こえる。

「さぁ出来たで」

流が小走りでアルミトレーに焼飯を載せて運んで来た。

「初子ちゃんが子供のころにしたように、電子レンジで温め直した。皿が熱うなってるさかい、やけどせんようにな」

初子の前に白い丸皿を置いて、その横にスプーンを並べた。皿全体を覆うラップの内側が湯気で曇り、中身はぼんやりとしか見えない。

「もう外していいですか？」

初子が見上げると流がこっくりとうなずいた。

「わしが外すより自分で取った方がええやろ」

流の言葉に笑みを返して、初子がラップを取ると勢いよく湯気が上がった。

「ゆっくり食べや」

流がこいしに目配せして、ふたりは厨房に引っ込んだ。

「いただきます」

かすかな湯気と共に立ち上がって来る香りに、初子は鼻をひくつかせた。スプーンで浅く焼飯を掬《すく》い、ゆっくりと口に運ぶ。目を閉じて噛みしめる。十回ほども噛んで大きくうなずいた。

「これだわ」

初子は何かに急《せ》き立てられるように、立て続けにスプーンを動かして焼飯を食べ続けた。

「美味しい」

半分以上も食べて、初子が小さくつぶやいた。

「どないや。こんな味やったか？」

有田焼の急須を持って、流が初子の傍らに立った。

「はい」

初子がつぶやくように答えた。

「そうか。よかった。たんと作ったさかい、ようけ食べてや」

湯呑に茶を注いで、流が初子に言った。

「おじさま、この……」

「まずはしっかり食べて。話はそれからや」

初子の言葉を制して、流が再び厨房に戻った。

ふたたびスプーンを手にした初子は、じっくりと味わいながら焼飯を食べる。ひと匙《さじ》ひと匙、慈しむようにして舌に載せる。それを何度か繰り返すうち、幼いころの記憶がはっきりと蘇《よみがえ》って来た。

学校からの帰り道。〈背高のっぽのオトコオンナ〉とからかわれて泣きながら帰ったこと。鍵を開けて家に入ったら大きな蜘蛛《くも》が居て怖かったこと。留守番をしていた大雨の日に、突然雨漏りがしてバケツを探したこと。赤い洋服ばかり着せられるのがイヤでイヤで仕方なかったこと。辛《つら》かったことばかりではない。家族揃って諏訪崎《すわざき》へ遊びに行って、綺麗《きれい》な夕陽《ゆうひ》を見たこと。お弁当を持って、喜木川《きぎがわ》へ花見に行ったこと。

自らに課して、長い間閉じ込めて来た過去が一斉に開いた。

気付くと皿が空になっていた。

「すみません。お代わりください」

満面に笑みを浮かべて、流が厨房から出て来た。

「嬉しいやないか。お代わりしてくれるんかいな」

「いくらでも食べられそうです」

初子も同じくらいの笑顔を見せた。

「その言葉を聞いて、おっちゃん、ホッとしたわ」

トレーに空の皿を載せて、流が踵《きびす》を返した。

初子は子供のころに、お代わりがしたくて台所中探し回ったことを思い出した。冷蔵庫の中、水屋、踏み台を持って来て、天袋の中まで覗き込んでも見つからず、ひもじい思いで水を飲んで腹をふくらませたのだった。

「さっきの半分くらいにしといたけど、足らんかったら言うてや」

流が初子の前に焼飯を置いた。

「ありがとうございます。たぶんこれくらいで足りると思います」

初子がスプーンを取って、焼飯を掬った。

「ええ食べっぷりやな。子供のころに戻ったんと違うか」

流が目を細めた。

「こんなにたくさん食べるのって何年ぶりかしら。さっきから不思議で仕方ないんです。スプーンを止められなくて」

「美味しいものを前にして、無心で食べられるいうのは子供だけや。大人になったら、やれ健康にどうたら、ダイエットがどないやとか、余計なことを考えるさかいにな。まさに初子ちゃんは童心に返ったわけや」

流の目がより一層細くなった。

「どうやってこの焼飯を見つけられたのか。そろそろお聞かせいただけますか」

皿の半分ほども食べ進んだところで、初子が流に訊いた。

「一杯飲もか」

流が指で杯を真似《まね》ると、初子はにっこり笑った。

「そんなことやろうと思うて、ちゃんと用意しときました」

塗の盆に信楽《しがらき》の大徳利と杯を三つ載せて、こいしが厨房から出て来た。

「こういうことになったら、よう気が利くんやな」

流が初子の真向かいに座った。

「見つかってよかったな。うちもホッとしたわ」

こいしが杯を上げ、流と初子もそれに合わせた。

「八幡浜へ行って来たんや」

飲み干して、流が口を開いた。

「遠いところまでありがとうございました」

初子が頭を下げた。

「残念ながら、白崎さんのことを知ってる人には会えなんだが、お母さんがパートに出てはった会社のことは分かった。今はもう無いんやが『愛八食品』という会社でな。

日本で最初に魚肉ソーセージを売り出したとこや。それでピンと来た。ピンクの正体はこれやな、と。初子ちゃんも食べてて分かったやろ」

流がビニール袋から魚肉ソーセージを出して見せた。

「そう言えば冷蔵庫にあったような……」

初子が記憶を辿《たど》っている。

「現地で買《こ》うて来たんやが、肉屋で訊いたら、このメーカーのが一番当時の味に近いんやそうな。それともうひとつのピンクはこれや」

流が魚肉ソーセージの横に置くと、こいしと初子は同時に声を上げた。

「何これ？」

「削りかまぼこて言うてな、八幡浜の名産品や。削り鰹《かつお》みたいにして、かまぼこを削ったもんやそうな。乾燥しとるさかい日持ちがする。冷蔵庫の無い時代に考え出したんやと思う。ちらし寿司に載せたりしてたんを、お母さんは焼飯の具にしはったんやな。そのまま食べてもええ酒のアテになるで」

袋を開けて、流が摘んだ。

「魚肉ソーセージだけじゃなかったんだ」

初子も削りかまぼこを摘む。

「どっちも原料は魚やさかいに、焼飯が魚っぽい味になったんやね。綺麗なピンク色してるわ」

こいしが削りかまぼこを掌に載せた。

「ここから先はわしの想像でしかないんやが、お母さんはきっと初子ちゃんが女の子らしいに育って欲しいという願いも込めて、ピンクの焼飯を作ってはったんやないかな。背が高《たこ》うてボーイッシュやさかいに田舎ではきっと目立ったやろ。いじめられとったんと違うかな」

初子が遠い目をした。

「母親てありがたいね」

こいしが瞳を潤ませた。

「肝心の味付けやけどな、梅昆布茶を使うてはったんやないかと思う。初子ちゃんが酸っぱいて感じて、後口がさっぱりしてたて言うてたやろ。それでピンと来たんや。これやったら色も同じピンク系やしな」

流が缶に入った梅昆布茶を見せると、初子が大きくうなずいた。

「ご飯はどんなんでもええと思う。材料一式揃えといた。レシピもちゃんと書いといたさかい、この通りにしたら作れる。あんじょう作って食べさせたげ」

流が紙袋を初子に手渡した。

「ありがとうございます」

受け取って初子が立ち上がった。

「ゆっくりして行きいよ。よかったら晩ご飯も一緒にどない?」

こいしが慌てて立ち上がった。

「ごめん。今日も仕事があるから帰らなきゃ。その前に叔父のお墓参りだけは行っておこうと思って」

初子が帰り支度を始める。

「旨いもん作って待ってるさかいに、いつでもおいでや」

流が言った。

「ありがとうございます。わたしうっかりして、この前の食事代をお支払いしてなかったの。今日の探偵料と合わせて、お幾らになるかしら」

初子がバッグから赤いエナメルのパースを取り出した。

「うちは探偵料をお客さんに決めてもろてるんよ。気持ちに見合うた分、ここに振り込んでくれるかな」

こいしがメモ用紙を渡した。

「わかった。気持ちをいっぱい込めるわ」

折り畳んで、初子がパースに仕舞った。

初子が店の外に出ると、ひと声鳴いてひるねが足元に駆け寄って来た。

「ひるねちゃん。ありがとね。また来るから」

抱き上げて初子が何度もひるねを撫でる。

「上等のコートが汚れるがな」

流がひるねの腹を突《つつ》いた。

「お世話になりました」

ひるねを下ろして初子が腰を折った。

「タクシー呼んだらよかったかなぁ」

正面通を見渡して、こいしが背伸びをした。

「烏丸通まで出ればあるでしょう」

初子が西を向いた。

「お元気で」

流の言葉に会釈して、初子が大股で歩き始めた。

「さすがモデルさんや。颯爽《さっそう》と歩くんやな」

流が目を細めた。

「初ちゃん」

こいしが大きな声を上げると、立ち止まって初子が振り返った。

「幸せになりや」

こいしが手をメガホンにした。

「ありがとう」

初子が大声で叫んで、何度も手を振りながら西に向かって歩いて行った。

姿が見えなくなったのをたしかめて、流とこいしは店に戻った。

「どうなるやろね」

店に入ってすぐ、こいしが口を開いた。

「何がや」

流がテーブルの上を片付け始めた。

「決まってるやんか。角澤さんとの結婚」

こいしがダスターでテーブルを拭く。

「どっちでもええがな。神さんがあんじょう決めてくれはる」

流が空の徳利を振った。

「初ちゃんやったら着物よりウェディングドレスが似合うやろな」

こいしが腕組みをした。

「お前はチビやさかい着物やな。文金高島田」

カウンターに座って、流が新聞を広げた。

「相手を見つけるのが先やけど」

こいしが流の隣に座った。

「どや。久しぶりに今晩、浩さんとこへ寿司食べに行こか」

「ホンマ？」

こいしが目を輝かせた。

「お前もぼちぼち嫁に行かんと、掬子が心配しよる」

茶の間に上がり込んだ流が仏壇に向かった。

「そやろか。お父ちゃんひとりにする方が、お母ちゃんは心配なんと違うかなぁ」

こいしが流の後を追った。

「こいしだけやのうて、初子ちゃんのことも、ちゃんと見守ったってくれな」

流が線香を立てた。

第五話　中華そば

1

　夏の京都へなんか行くもんじゃない。人にはそう言っておいて、今まさに真夏のJR京都駅に降り立っている。小野寺勝司《おのでらかつじ》は、自嘲するしかなかった。四年間の大学生活を、京都で過ごしたのは三十数年も前のことになる。夏の暑さと冬の底冷えには辟易《へきえき》した。とりわけ肌にまとわりつくような湿気を含んだ暑さは、ど

うにも疎ましかった。街の景色は変わらずそのままだと言えばそうだし、変わり果てたと言っても間違いではない。相変わらず、京都というのは不思議な街だ。

八条口からタクシーに乗り込んで、緩やかなカーブを描く高架を走る。やがて左手に有名ラーメン店の行列が見える。今や一大チェーン店となり、カップ麺も売り出している。時折り京都を懐かしんで食べるラーメンの味を思い出しながら、リアウィンドウ越しに小野寺は何度も店を振り向いた。

烏丸通を北へ上り、東本願寺を左に見て車は右折する。

「この辺りですかね」

スピードを緩めてタクシードライバーが、道の両側を交互に見渡す。

「その辺で停《と》めてください。後は自分で捜しますから」

黒いボストンバッグを抱えて、小野寺はタクシーを降りた。

「正面通がここで、後ろが東本願寺だとすれば……これかな」

ひとりごちて小野寺が二階建てのモルタル建築と地図を見比べた。

看板もなく暖簾《のれん》が上がっているわけでもない。誰もが民家だと思って通り過ぎる建物が、目指す『鴨川食堂』だろう。小野寺は勢いよくアルミの引き戸を引いた。

「こちらは『鴨川食堂』でしょうか」

小野寺は遠慮がちに中へ入り、店の人間らしき若い女性に訊《き》いた。

「ええ。お食事ですか？」

「食事もいただきたいのですが、食を捜して欲しくて参りました」

小野寺が名刺を差し出す。

「どうぞおかけください。探偵の方でしたら、わたしの担当ですので。鴨川こいしと言います。食堂はお父ちゃんがやってますねんよ」

鴨川こいしがぺこりと頭を下げた。若い女性が探偵だということに意表を突かれて、小野寺は少しばかりうろたえた。

「お客さんか」

白衣姿の男性が厨房《ちゅうぼう》から出て来た。

「探偵の方やけど食事も、ですね」

こいしが顔を向けると、小野寺が流に名刺を差し出した。

「小野寺さん。初めての方にはおまかせで出させてもろてますんやが、それでよかったら」

名刺を一瞥《いちべつ》して、鴨川流が言った。

「望むところです」

小野寺がホッとしたように頬を緩めた。

柔和な表情ながら、言葉も態度も隙がない。建前上は娘を探偵に仕立てているものの、実質上はこの父親が探偵だろうと小野寺は推測した。

「すぐに支度しますんで、ちょっと待っとってください」

流が踵《きびす》を返した。

腰を落ち着けて、小野寺は改めて店の中を見回した。ガランとした店内には女性客がひとり居るだけだ。一番奥のテーブル席で着物姿の老婦人が音を立てて抹茶を啜《すす》り終えた。食堂の佇《たたず》まいとまるで釣り合わない情景に、小野寺はしばらくのあいだ目を奪われていた。

「どちらからお越しに」

視線を返して老婦人が小野寺に訊いた。

「東京から参りました」

「わたしのような年寄りは東京では珍しいのですか」

老婦人はいくらか語気を強めた。

「お着物の似合う方が東京には少なくて、つい見とれてしまいました」

小野寺が軽く会釈した。

「妙《たえ》さんみたいな人は京都でも珍しいんですよ。姿勢はええし、こんな暑い日でも汗もかかんと涼しい顔して、着物でご飯食べはる。うちの憧れですねん」

こいしが来栖《くるす》妙にほうじ茶を出した。

「おじょうずなこと」

流し目を送って、妙が唐津焼の湯呑《ゆのみ》を掌《てのひら》に載せた。

「すみません。喉が渇いたのでビールを」

小野寺が首筋の汗を拭った。

「中瓶しか置いてへんのですけど」

「それでけっこうです」

こいしが栓を抜いてコップと一緒にビールを置いた。

「大学時代を京都で過ごしましたが、京都という街には本当に着物が似合いますね」

一気に飲み干して、小野寺が妙に笑みを向けた。

「どちらの学校に?」

「『洛志館《らくしかん》大学』です」

「学生生活を存分に楽しまれたんでしょうね」

妙が幾らか冷ややかに言った。

「おかげさまで」

小野寺がコップにビールを注ぐと泡が溢《あふ》れた。

「なんや曰《いわ》くがありそうな話ですね」

こいしが益子《ましこ》焼の土瓶を傾けて、妙に茶を注いだ。

「今ではそうでもないのでしょうが、三十年ほども前に『洛志館大学』に行くというのは、遊びに行くのと同じだったんです。本気で勉強したくて京都に行くヤツは『京南大学』。遊ぶなら『洛志館』というのが通説でしたよ」

小野寺が薄く笑って、コップを空にした。

「そういう大学があるからこそ、いろんな人材が生まれましたんやけどな」

流が小野寺の前に黒塗りの折敷《おしき》を置いた。

「そう言っていただけると」

小野寺がビール瓶を傾けた。

「タレントもようけ居ますし、経済界でも『洛志館』の出身者は幅きかせてますがな」

利休箸と染付の皿を、流が折敷に並べた。

「うちの友達にも『洛志館』は多いなぁ」

こいしが言葉を挟んだ。

「夜遅くまで騒いでいる学生はたいていそうです」

妙がぴしゃりと言った。

「僕もそのクチでした」

頭をかく小野寺の前に、流が大ぶりのガラス皿を置いた。

「こんな感じにさせてもらいました」

「ほう」

小野寺が前のめりになって、目を輝かせると、流が料理の説明を始めた。

「京都の夏というたら、やっぱり鱧《はも》と鮎《あゆ》は欠かせません。ガラスの大皿に盛り込んでみました。左の上から鱧の小袖寿司《こそでずし》。照焼きと白焼きをひと切れずつ。その横の小さい鉢に入ってるのが鱧皮の酢のもん。オクラと和《あ》えてます。笹《ささ》の葉の上が鮎の塩焼き。桂川《かつらがわ》で釣れた小ぶりのを二匹。ガラスの猪口《ちょこ》に入ってるのは鮎のうるか。言うたら鮎の塩辛みたいなもんです。右の中ほどが稚鮎のフライ。山椒《さんしょう》塩がふってありますんで、そのままで。右下の大葉の上は鱧の落とし。梅肉とミョウガを和えてあります。左の下は鱧の挟み焼き。山科茄子《やましななす》を挟んで白味噌《みそ》で焼き上げました。どうぞゆっくり召し上がってください」

説明を終えて、流が一礼した。

「ビール、どないしましょ。よかったらお酒もありますけど」

空になった瓶をこいしが手にした。

「いただきます。この料理を前にしてビールというわけにはいきません」

料理を見回して、小野寺が舌なめずりした。

「福島の蔵ですけどな、うちの料理によう合う酒が入りましたんや。それをお出ししますわ」

流が厨房に急いだ。

「どうぞごゆっくり。お先に失礼します」

会釈して、妙が店を出て行く。小野寺は腰を浮かせて会釈した。

妙の背中を見送ってから、小野寺が最初に箸を付けたのは、鮎のうるかだった。小豆粒ほどを箸先に載せ、口に運ぶ。小野寺はうっとりと目を閉じる。

「遅うなりましたな。『人気』っちゅう酒です。夏場だけの限定品でして、夏生純米吟醸ですわ。十度ほどに冷やしてあります。ゆっくりやってください。適当なところでお声をかけてもろたらお椀《わん》をお持ちします」

銀盆を小脇に挟んで流が下がって行った。

江戸切子のロックグラスになみなみと注がれた酒を、小野寺は口から迎えに行く。喉を二度ほど鳴らし、口をつぼめて息を吐いた。

「いい酒だ」

鱧の挟み焼きは微《かす》かな白味噌の甘みが新鮮だった。学生時代に鱧などは縁遠く、会社を興してから京都で食べた鱧は、いつも同じような味だった。割烹《かっぽう》の主人から、京都の夏は鱧に限ると言われても実感はなかったが、この鱧を舌に載せて確信した。

京都の夏は鱧に限る。

鱧だけではない。鮎の旨《うま》さといえば、これも尋常ではない。塩焼きはもちろんのこと、小指にも満たない小さな鮎のフライは、ほろ苦くて、清流の香りすら漂わせ、山椒の香りも相まって、小気味いい後口を舌に残す。

大きくはないが、零細とまではいかない会社を興し、東京ではそれなりの店で日本料理を食べて来たが、やはり京都のそれには到底敵《かな》うものではない。しかもここは祇《ぎ》園《おん》の名だたる割烹などではなく、探偵事務所に付属する食堂なのである。

「お口に合いますかいな」

流が小野寺の横に立った。

「さすが京都ですね。とても東京じゃあ味わえない」

「お酒は足りてますやろか」

流が切子のグラスを覗《のぞ》いた。

「もう少しいただきたいところですが、肝心の話もありますので」

「そしたらお椀をお持ちします。ご飯も一緒に持って来てよろしいかいな。鮎飯を炊いてますんやが」

「お願いします」

流が厨房に向かうと、小野寺は残った料理を見回しながら、切子のグラスを傾けた。するすると酒が喉を滑っていく。本来の目的を頭に浮かべると、いくらか酒が苦くなったような気がした。

「お待たせしました。ありきたりですけど、この季節の椀ものというて、牡丹《ぼたん》鱧を外すわけにはいきまへん。鱧の湯引きを吸いもんにしてます。骨切りした鱧が牡丹の花みたいに見えまっしゃろ。鮎飯は鮎の身しか入ってしません。骨は抜いてありますさかい、刻み三ツ葉を載せて召し上がってください。茄子とミョウガの浅漬を添えてます。番茶をお持ちしますんでごゆっくり」

流が居なくなるとすぐ、小野寺は椀を手にした。

微かに昆布の香りがする。鱧は舌の上ではらはらと崩れる。吸い地の味わいが心に沁《し》み入るようだ。胸の高ぶりを抑えながら椀を置いて、古伊万里《こいまり》の飯茶碗《めしぢゃわん》にこんもり盛られた鮎飯を口に運ぶ。嚙《か》み締める。ほろ苦い鮎と嚙むほどに甘みを滲《にじ》ませる米とが絶妙の調和を見せる。旨い。

「暑いときに熱いほうじ茶もええもんでっせ」

流が信楽《しがらき》の土瓶を傾けた。

「いやあ本当に美味《おい》しくいただきました。本物の京料理に出会えた気がします。思いがけず、といえば失礼になるのでしょうが」

手を合わせて小野寺が箸を置いた。

「好き勝手に作らせてもろてます。京料理てな立派なもんやおへん」

空いた器を下げて、流がテーブルを拭いた。

「学生時代に恩師に連れられて、何度か祇園の割烹でも食べましたが、記憶にも心にも残っている料理はありません」

「若いときと、歳《とし》を重ねてからでは感性も違いますやろ。食べもんというのは、味だけやおへん。感じ方が違うて当たり前やと思います」

小野寺は黙ってうなずいた。

「娘が奥の事務所で待ってますさかい、そろそろご案内しまひょか」

「お願い出来ますか」

茶を飲み干して、小野寺が腰を浮かせた。

食堂の奥に続く細長い廊下を流が先導し、小野寺が後に続く。廊下の両側にびっしり貼られた写真に小野寺が見とれている。

「たいていの写真はわしが作った料理ですわ」

流が振り向いた。

フレンチ風の皿があれば、鍋料理もある。おせち料理や、パーティー用なのか、大皿料理がずらりと並んだ写真も貼られている。歩きながら眺めるうち、廊下の奥に行き当たった。

「どうぞお入りください」

流が突き当たりのドアを開けると、ソファに腰かけるこいしの姿が見えた。

「早速ですけど、簡単にご記入いただけますか」

向かいに座った小野寺に、こいしがバインダーを差し出した。

ホテルの宿帳に記入するかのように、スラスラとペンを走らせて、小野寺がバインダーをこいしに返した。

「おのでらかつしさん。東京都目黒区……」

「かつじ、です。おのでらかつじ」

　こいしが読み上げるのを小野寺が制した。

「失礼しました。シアタープリント株式会社、取締役社長。印刷会社をやってはるんですか」

「『洛志館』を卒業して、東京に戻ってから、わたしが作った会社ですので、大したものじゃないんですが」

「名刺とか年賀状とか、ですか」

「それもやらないことはないけど、うちはＣＤのジャケット印刷に特化しています。自慢話をさせてもらえば、国内でのシェアは五割を超えている。もっともＣＤ自体が減ってきてはいるんですがね」

　小野寺が自慢とも自嘲とも判別出来ないような、複雑な笑みを浮かべた。

「うちのお父ちゃんは、演歌が好きなんですけど」

「演歌だとシェアはおそらく八割を超えているでしょう」

「お父ちゃん、喜ばはるわ。それは横に置いといて、と。で、何を捜したらええんです？」

こいしが両膝を前に出した。

「お恥ずかしい話だが、屋台のラーメンなんですよ。いや、屋台のオヤジはいつも中華そばと言ってたから、屋台の中華そばかな」

「どこの屋台です？」

ノートを開いて、こいしがペンを構えた。

「『洛志館』に入ってすぐ、わたしは演劇部に入部しましてね。國末《くにすえ》と矢坂《やさか》という同級生と、男三人で演劇グループを作ったんです。〈ラディッシュボーイズ〉というグループ名を付けて。決められた講義の半分にも出なかったかなぁ。学校に行った日も、行かない日でも毎日、陽《ひ》が沈むころに北大路橋の下に集まって、そこで練習するんですよ。その橋の畔《ほとり》にあった屋台」

「北大路橋の畔の屋台。店の名前は？」

「名前はなかったんじゃないかなぁ」

「いつごろの話になるんかなぁ」

こいしが電卓を取り出した。

「昭和五十年ころ。五十四年に卒業したときは、まだ屋台があったように思います」

小野寺の言葉を、こいしがノートに書き留めている。

「橋のどっち側でした？」

「比叡山《ひえいざん》と反対側だから……」

小野寺が地図を頭に浮かべて言いよどんだ。

「西側やね」

こいしがきっぱりと言い切った。

「三回生のころに北大路橋の上を走っていた電車が無くなった。そんな時代の変わり目だったんでしょうね」

小野寺が遠くに目を遣《や》った。

「どんな中華そばやったんです？」

「屋台らしい味と言えばいいのかな。今のラーメンのように脂ぎってないし、かと言って、あっさりはしてない。しっかりお腹《なか》に残る中華そばでした」

「屋台のラーメンていうたら、コッテリしてるんでしょ？」

こいしがペンを構えた。

「そこが微妙なんですよ。どろっとしていて、濃厚なスープだったことはたしかなんだけど、背脂がいっぱい浮いているような今風のラーメンとは違って、なんていうか、やさしい味でした」

「そんなん、食べてみたかったなぁ。屋台のラーメンて、うちらのころにはなかったんですわ」

「あのころの京都には、あちこちに屋台のラーメンがありましたよ。出町《でまち》の桝形《ますがた》なんかには四軒くらいあったかなぁ」

「けど、なんで今になって、その中華そばを？」

こいしがノートを繰って、新しいページを開いた。

「跡を継ぐはずだった息子がね、突然イヤだと言い出しまして。役者になるって言うんですよ。食っていけるわけないのに」

小野寺が顔をしかめた。

「夢があるて、ええことやないですか。お父さんの血も引いてはるんやろし」

こいしが言った。

「夢なんてのは、いつまで経《た》っても夢のままだ。現実はそんなに甘いもんじゃない」

「そのことと屋台の中華そばが、どこで繋《つな》がるんです？」

「わたしも同じような夢を持ったときがあった。そのころによく食べていたのが、その屋台の中華そばだったんです」

小野寺がローテーブルの一点を見つめて続ける。

「大した会社じゃないから、息子に無理強いはしたくない。好きな道に進めばいい、とも思うんだが、将来を考えると、これでいいのかと迷うんです。ちょうどわたしが同じ年ごろに迷っていたように」

　小野寺が遠くに目を遣った。

「夢と現実。男の人は大変なんですね」

　こいしの言葉に、小野寺は当時を思い出しながら語る。

「男ってのはね、食い扶持《ぶち》のことばかり考えていてもつまらないし、かと言って、夢を追い続けてばかりだと、きっといつか挫折する。家族でも持つとなったら、ちゃんと食っていける方法を選ばなきゃいけない。どこかで妥協する道を探すことになるんです」

「息子さんは、夢を追う方を選ばはった」

「そんな夢が叶《かな》う人間なんて、何万人にひとりも居やしない」

　吐き捨てるように小野寺が言った。

「けどゼロでもないでしょ」

　こいしが言った。

「夢を持っている息子に、ノーと言いながら、どこか心の片隅でイエスという答えも浮かんでいる。それを辿《たど》っていくと、屋台の中華そばに行き着いたというわけなんです」

小野寺がこいしを真正面から見つめた。

「その中華そばを食べてから、息子さんと話し合わはるんですね」

こいしがその目を見つめ返した。

「そこまではわかりません。もう一度話し合うとか、そういうことじゃない。自分の気持ちを見てみたい。それだけなんです」

「わかりました。とにかく捜し出して、食べてもらわんと何も始まりませんわね。ヒントは場所だけ。まぁ、お父ちゃんやったら捜さはるでしょ」

こいしがノートを閉じた。

「よろしく頼みます」

小野寺が頭を下げた。

食堂に戻ると、カウンター席に腰かけていた流が、読んでいた新聞を畳んだ。

「あんじょうお訊きしたんか」

「ちゃんと訊かせてもろた。屋台の中華そばやて。頑張って捜してや」

こいしが流の背中をはたいた。

「ほう。屋台の中華そばですか。懐かしいですな。昔は京都にもようけ屋台がありました」

立ち上がって流が小野寺に顔を向けた。

「今はもうないので難しいかと思いますが」

小野寺が右の頬を緩めた。

「せいだい気張らせてもらいます」

流が小さく会釈した。

「お勘定を」

小野寺が内ポケットから長財布を取り出した。

「この次、探偵料と一緒にいただきます」

こいしが微笑《ほほえ》んだ。

「わかりました。次はいつお邪魔すれば……」

小野寺が流とこいしの顔を交互に見た。

「二週間後くらい、でよろしいかいな。詳しいことはまたお電話ででも。携帯の方に連絡させてもらいます」

流が小野寺の名刺を見ながら答えた。

「よろしくお願いします」

ボストンバッグを手にして、小野寺が店を出る。

「今日はこれから?」

流が訊いた。

「久しぶりの京都なので、想い出の場所を訪ねてみようかと」

小野寺は眩《まぶ》しそうに夏空を見上げた。

「日差しがキツイさかいに気ぃつけてくださいね」

こいしが声をかけると、トラ猫が足元に寄って来た。

「こら、ひるね。店に入ったらあかんぞ」

屈《かが》み込んで、流がにらみつけた。

「やっぱり京都は暑いですなぁ」

正面通を東に向かって歩いて行くのをたしかめて、流とこいしは店に戻った。

「北大路橋の西北か。そんなとこに屋台のラーメン屋てあったかなぁ」

カウンター席に腰かけた流が、ノートの字を追った。

「ラーメンと違うて、中華そばなんやて」

ダスターでテーブルを拭きながら、こいしが流に顔を向けた。

「印刷会社をやってはるのか。シアタープリント……」

流が小野寺の名刺をノートに挟んだ。

「とにかく現場へ行ってみんことには、始まらんわな。明日にでも行ってみるか」

「北大路橋ていうたら、あの植物園の近くやね。こないだお花見に行った、半木《なからぎ》の道のとこと違うん？」

「そや。北大路通の橋から西は、昔からある商店街やさかい、行ったら何かわかるやろ」

流がノートを閉じた。

2

東本願寺前の街路樹から、セミの鳴き声がけたたましく響いてくる。京都に住んでいたころ、小野寺はよくアブラゼミを見かけたが、今はクマゼミの方が圧倒的に多いのだろう。暑苦しさで言えば、圧倒的にクマゼミの方が上だ。信号待ちをする小野寺は顔をしかめ、ハンカチで首筋の汗を拭った。

烏丸通を東に渡り、店の前でひと呼吸した後、『鴨川食堂』の引き戸を引いた。

「いらっしゃい。お待ちしてました」

首からタオルをさげた流が迎えた。

「これは……」

二週間前には置かれていなかった、古びたベンチを見て小野寺が目をむいた。

「中華そばより、このベンチを捜す方が大変やったみたいですよ」

こいしが笑顔で言葉を挟んだ。

薄《うっす》らとブランド名が読み取れる、清涼飲料水メーカーの赤いベンチは、ところどころ板がはがれている。

「思い出しましたよ。そうです、こんなベンチに座って、あの屋台の中華そばを食べたんだ。食だけでなく、ここまでやってくださるとは」

小野寺が懐かしげに、ベンチの背を撫《な》でている。

「そない言うてもらうようなことやないんですよ。喫煙用のベンチにしようと思うて、お父ちゃんが捜して来はったんです。店内は禁煙にしなさい、て、ずっと妙さんに言われてましてん」

こいしが小野寺の耳元でささやいた。

「面倒くさい時代になりましたな。ま、どうぞお座りください」

流にうながされて、小野寺はゆっくりとベンチに腰を下ろした。

「橋の下で練習をしていましてね、最初は屋台のオヤジに怒られたんですよ。ウルサイって」

小野寺が思い出話を始めた。流とこいしは、それぞれベンチの両側に立っている。

「言い出しっぺは、國末だったかなぁ。場所代だと思って食べた方がいいんじゃないかって。客になれば、向こうもキツくは言えないだろうと。そういうことには人一倍気が回るヤツでした」

「食べてみたら旨かったんですな」

流が言葉を挟んだ。

「いや、それほど旨いとは思わなかったです。他に旨いラーメン屋が何軒もありましたからね」

「京都は昔からラーメン屋の競争が激しおしたさかいな」

「義理もあって、というか、まさに場所代でした。練習はほぼ毎日ですが、三日に一回は中華そばを食べてました。すると、不思議なもので、だんだん旨く感じるようになるんですよ。舌に馴染《なじ》んでくるんでしょうね。最初は、食わなきゃ、と思ってたのが、いつの間にか食いたい、に変わっていきました」

苦笑いを浮かべて、小野寺がひと息ついた。

「どうぞ」

ざらついたプラスティックのコップを、こいしが差し出した。

「コップもこんな感じだったなぁ」

笑みを浮かべて、小野寺が冷水を一気に飲み干した。

「ぼちぼちご用意しますわ」

流が厨房に向かった。

「なんだかワクワクするな。昔に戻ったみたいだ」

小野寺が指を鳴らした。

「どうせならBGMも用意しよか、て言うたら、やり過ぎや、てお父ちゃんに怒られましてん」

舌を出して、こいしがコップに水を注いだ。

「いい匂いだ」

厨房から漂ってくるスープの匂いに、小野寺が鼻をひくつかせ、ベンチにコップを置いた。

「うちもお腹減って来たわ」

こいしがお腹を押さえた。

しんと静まり返った店に、麺の湯切りをする音が響き、忙《せわ》しなく動く流の足音がリズミカルに流れる。

「お待たせしましたな」

銀盆に載せて、流が中華そばを運んで来た。

「これだ、これだ」

白いプラスティックの受け皿ごと受け取って、小野寺が鉢を左の掌に載せた。

「コショーを置いときます。どうぞ、ごゆっくり」

コップの横に大きなコショー缶を置いて、流が厨房に戻ると、こいしがそれに続いた。

左手に鉢を載せたまま、小野寺はコショーをたっぷりと振りかける。缶をベンチに置いて、右手で取った割り箸を歯でふたつに割る。レンゲに掬《すく》ったスープの香りを嗅いでから、ゆっくりと口に運んだ。

わずかにトンコツも入っているのだろうか。鶏ガラがベースになっていることは間違いない。透き通るほどでもないが、どろっと濁る今どきのスープに比べると透明感がある。魚介の出汁《だし》も絡んでいるような気もしなくはない。スープからはニンニクとショウガの香りが漂って来る。

麺は細めのストレート。いくぶん固めに茹《ゆ》でてある。具はチャーシューが二枚と薄く切った蒲鉾《かまぼこ》が二切れ。モヤシとメンマ、それにネギ。もも肉を使ったチャーシューが旨い。懐かしい味であると共に、どこか慣れ親しんでいる味にも思える。

せっかくラーメン本片手に、食べ歩いて予習して来たのだからと、いちおう分析してみたものの、そんな作業は無駄だとすぐに気付き、無心で食べ続けた。麺をすすり、スープを飲み、具をつまむ。何度もそれを繰り返す。

頭の中で描いた分析表を、まるで消しゴムで消すかのように、遥《はる》か遠い昔の思い出が幾重にも胸をよぎっていく。喉を通るスープにセリフがよみがえり、麺を噛み締めるごとに、笑い声が耳にこだまする。鉢を持ったまま、夢を語り合った時間が掌に伝わって来る。小野寺の目尻が薄らと潤んだ。

「こんな味でしたかいな」

ベンチの後ろに立って、流が声をかけた。

「はい」

空になった鉢を持って、小野寺が振り向いた。

「よろしおした」

うなずいて、流が笑みを浮かべた。

「わたしの記憶に間違いがなければ、まったくと言っていいほど同じ味でしたが、一体どうして」

小野寺が訊いた。

「もちろん今は屋台はありませんのやが、当時のことを覚えている方が居《お》られましてな」

流がセピア色の写真を見せた。

橋の畔で屋台を組み立てながら、小柄な男性が照れ笑いを浮かべている。

「そうそう、こんな屋台でした。このオヤジに間違いありません」

食い入るように小野寺が写真に顔を近付ける。

「今も人気のレストランですが、北大路橋の西北に『グリルハセガワ』という店があるんですわ。そこのご主人の羽瀬川《はせがわ》さんが屋台のことを覚えてはりました。屋台をやってはったのは、安本誠治《やすもとせいじ》さんという方やそうです」

「安本さん……。名前は聞いたことがなかったなぁ」

小野寺が宙を見つめている。

「屋台で使う水と電源を羽瀬川さんから借りてはったんやそうです。そんな縁があったさかいに、屋台を辞めはってからも、しばらく交流はあったんですな。安本さんが伏見の両替町で『やすさん』というラーメン屋を開かはってからも、羽瀬川さんは何度も食べに行ってはりました。けど、安本さんは十年ほど前に病気で亡くならはった。安本さんには家族がなかったそうで、跡を継ぐもんも居らんので、店は自然消滅した。そこでプッツリと手がかりが切れてしまいました」

『やすさん』の在りし日の写真を流がベンチに置いた。

「じゃあ、この中華そばは？」

写真を横目に、怪訝《けげん》そうな顔で小野寺が訊いた。

「縁というもんは、どこかで繋がるんですな」

ベンチに向かい合う形で、流がパイプ椅子に腰を落ち着けた。

「熱いお茶か、冷たいのか、どっちにしましょう？」

こいしがベンチに湯呑を置いた。

「熱いお茶の方がありがたいです」

こいしが益子焼の土瓶を傾け、小野寺がほうじ茶を啜った。

「『やすさん』の近くにある『西法寺』に安本さんが眠ってはると、羽瀬川さんから聞いたんで、お墓参りに行って来ましたんや。手がかりが途切れた以上、ご本人にお訊きするしかないと思いましてな」

冗談とも本気ともつかない表情で流が話を続ける。

「お参りして、ふと水塔婆《みずとうば》を見ると、毎月同じ日に、同じ方がお参りなさっているのに気付きました。墓に刻んである命日と同じ日でした。お名前が金原大介《かねはらだいすけ》。どっかで聞いたことある名前やなぁと思いまして」

流が茶を啜った。

「金原大介……。存じませんね」

小野寺が首を傾《かし》げた。

「『新撰京市《しんせんきょういち》』というラーメンチェーンをご存知ですか」

「もちろん。僕の学生時分は小さな一軒だけの店でしたが、今はカップ麺まで作る大きな会社になった。東京でもコンビニに売っているので、時々懐かしんで食べてますよ」

「そこの社長さんが金原さんです。会うて来ましたんや。忙しい方やさかい無理やろうと思いましたんやが、安本さんのことでお話を訊きたいと言いましたら、すぐに了解をいただきました」

ひと息入れるように、流が茶を啜る。話の続きを待つ小野寺が、空の湯呑を手にしたまま、身体《からだ》を乗り出した。

「安本さんは金原さんの師匠やったそうです。スープの取り方やら、麺の茹で方、チャーシューの味付けまで、安本さんは丁寧に金原さんに教えてあげはった。けど真似《まね》はするな、とも言うてはったらしい。安本さんから学んだことをベースにして、金原さんは独自のラーメンを作りあげはった」

「驚きましたねぇ。まさか、あの屋台のオヤジと『新撰京市』が師弟関係にあったとは」

「びっくりでしょ」

こいしが小野寺の湯呑みに茶を注いだ。

「さすが、あれだけの店を一代で築き上げた人や。金原さんは、安本さんが屋台で出してはった中華そばのレシピを完璧に覚えてはるんです。今の時代でもこの中華そばなら充分通用する、そう言うてレシピを教えてくれはりました。その通りに作ったんが、この中華そばやというわけです」

わずかにスープの残ったラーメン鉢に流が目を遣った。

「そういうことでしたか」

鉢を手に取って、小野寺がゆっくりとスープを飲み干した。

「安本さんから金原さんへ、引き継がれたんは、夢を追い続ける心やったんでしょうな」

湯呑みを掌に載せて、流がしみじみと言った。

「一緒にグループを組んではった、後のおふたりは？」

こいしが訊いた。

「國末は家電メーカーに就職して、何度かリストラに遭いながら、中堅会社を転々として、その間もずっと素人の演劇グループを続けています。年に四、五回場末のライブハウスで公演しているようで、案内状を送ってくるんですが、一度も行ったことはありません。矢坂はプロの役者になったのですが、芽が出ないまま五年前に亡くなりました」

「いち早く夢をあきらめはったあなたが、会社も興して成功なさったということですな」

流が言った。

小野寺は無言のまま、湯呑を掌でくるくると回している。

「わしも夢を途中であきらめた方ですさかい、えらそうなことは言えまへんのやが、仕事であれ何であれ、一生懸命続けて来たことは、誰かがどこかで受け継いでくれるもんです」

流が小野寺を真《ま》っ直《す》ぐに見つめた。

「何を受け継ぐか、ですか」

小野寺が僅《わず》かに間を置いてから続ける。

「〈若い時の苦労は買ってでもせよ〉とよく言いますが、この言葉に対句があるんですよね」

「そんなん、ありましたかいな」

流が首を傾げる。

「若い時の夢は幾ら積まれても売っちゃいけない」

「なるほど。ここに仕舞うときます」

流がこぶしで胸を叩《たた》いた。

「メモしとかんと忘れそうや」

こいしが新聞の端に書き留めた。

「今思いついた言葉ですから忘れてください」

小野寺が顔中で笑った。

「うっかり信用するとこでしたがな。中華そばのレシピもいちおうお渡ししておきます。金原さんいわく、東京でも手に入る材料やそうです」

微笑んで、流がファイルケースを紙袋に入れた。

「お代の方を。先日いただいた分も」

小野寺が財布を取り出した。

「こちらに振り込んでいただけますか。お気持ちに見合うだけでけっこうですし」

こいしがメモ用紙を渡した。

「承知しました。戻りましたらすぐに」

小野寺が折り畳んでメモを財布に入れた。

「それにしても暑おすなぁ」

玄関の引き戸を開けて、流が顔をしかめた。

「京都らしくていいじゃないですか」

小野寺が敷居をまたぐと、ひるねが駆け寄って来た。

「お洋服汚したらあかんよ」

屈み込んで、こいしがひるねを抱き上げた。

「いろいろとありがとうございました」

深く一礼して、小野寺が西に向かって歩き出した。

「お気をつけて」

ひるねを抱いたまま、こいしが頭を下げる。

「小野寺はん」

流の声に小野寺が足を止めて、振り向いた。

「グループの名前ですけどな」

「なんでしょう」

「ラディッシュっちゅうのは？」

「大根役者から取りました」

「やっぱりそうでしたか」

流が笑顔を向けると、小野寺が顔中にしわを寄せ、また西に向かって歩み始めた。

小野寺の背中を見送り、こいしはひるねを放して、流の後から店に戻った。

「何か変わるんかなぁ、小野寺さん」

「さぁ。変わるかもしれんし、変わらんかもしれん。どっちでもええやないか」

首からタオルを外して、流がパイプ椅子に腰かける。

「お父ちゃんは、どない思って、お祖父《じい》ちゃんの跡を継いだん？」

こいしが隣に座った。

「そんな昔のこと覚えとらんわ」

流がぶっきらぼうに答えた。

「お祖父ちゃんから、継げて言われた？」

「それはない。オヤジから何かを強制されたことはいっぺんもない。いや、いっぺんだけあるわ」

「なに？」

「掬子を初めて家に連れて来て、オヤジとオフクロに紹介したときに言われた。〈一生、大事にせいよ〉てな」

「そうやったん」

こいしが茶の間の仏壇を覗き込んだ。

「オヤジの言いつけはちゃんと守った。短い間やったけどな」

流が茶の間に上がり込んで、仏壇の前に座った。

「お母ちゃん、そんなことがあったんやて。知ってた?」

流の隣に座って、こいしが線香に火を点《つ》けた。

「知るわけないがな」

照れ笑いを浮かべ、流が合わせていた手を解いた。

「言われんでも、受け継がれていくもんてあるんやね」

手を合わせたまま、こいしがつぶやいた。

「中華そばだけでは飲めんさかい、餃子《ギョーザ》の材料を仕込んどいた。鉄板の用意してくれな。汗を流してくるわ」

「ええなぁ、餃子。ビール足りるかな」

こいしが冷蔵庫を開けた。

「ちゃあんと生樽《なまだる》頼んである。もうすぐ浩《ひろ》さんがかついで来るわ」

「ホンマ? よっしゃあ、三人分包まんと」

こいしが腕まくりした。

「三人と違う。四人分包まんと掬子が怒りよるで」

流が仏壇を振り向いた。

第六話　天丼

1

　立春間近とは言え春はまだまだ遠い。京都駅の改札口を出た藤川景子《ふじかわけいこ》は、寒風で飛ばされた黒いピクチャーハットを慌てて追った。

　聞いてはいたが、京の底冷えは故郷石巻《いしのまき》に勝るとも劣らない。黒革の手袋を通して冷気が刺し込んで来る。目深に帽子を被《かぶ》った景子は、両手に息を吹きかけてから駅ビルを出た。

分厚いグレーのコートに毛皮の襟巻。ひと時代前のファッションだなと、去年五十路《いそじ》に入った景子は自嘲した。地図を片手に、京都駅から真《ま》っ直《す》ぐ北に伸びる烏丸通を歩く。すれ違いざまに藤川景子だと気付かれたことは一度しかなかった。サングラスのせいではないだろう。人々の記憶から自分がとうに消え去ったからに違いない。

七条通を越え、正面通を東に進むとやがて、目指す建屋が姿を現した。

「これかな」

サングラスを外した景子は、モルタル造りの二階屋を見上げた。

看板も上っておらず、一見したところは普通の民家だが、中からは飲食店らしき匂いが漂って来る。

「いらっしゃい」

戸が開くと同時に、鴨川こいしが怪訝《けげん》そうな顔を景子に向けた。

「食を捜していただきたいのですが」

景子が手袋を外して、店の中を見回した。

「そっちのお客さんでしたか。ま、どうぞ、お掛けください」

銀盆を小脇に挟んで、こいしがパイプ椅子を引いた。

「ありがとう」

景子は黒いトートバッグをテーブルに置き、スマートフォンを取り出した。

こいしは手早くカウンターの上に残った食器を銀盆に載せている。横目で見て、景子はスマートフォンのディスプレイに指を滑らせた。

「お食事もされます？」

カウンターを拭きながらこいしが訊《き》いた。

「何を食べさせてもらえるのかしら」

スマートフォンからこいしに視線を移した。

「初めての方には、おまかせを食べてもろてますんやが」

厨房《ちゅうぼう》から鴨川流が出て来た。

「こんにちは」

景子が腰を浮かせた。

「おこしやす……。お腹《なか》の具合はどないです？」

暫《しばら》く景子の横顔に見とれていた流が、気を取り直して訊いた。

「朝、東京を出るときにトーストを食べたきりなので」

景子が腹を押さえて、微苦笑した。

「苦手なもんはおへんか」

「何でもいただきます」

景子がスマートフォンをバッグに仕舞った。

「ちょうど今日は、味にうるさいお客さんが来られましてな、あれこれご用意しましたんで、東京からお越しやったら喜んでいただけると思います。ちょっと時間をくださいや」

流が勢い込んで厨房に戻って行った。

がらんとした店の中に出汁《だし》の香りが漂い、大きな音で腹の虫が鳴った。景子は思わず腹を押さえ、辺りを気遣った。

「ようここが分かりましたね」

片付けを終えて、こいしが景子の傍《そば》に立った。

ホッとしたような顔付きで景子がバッグから雑誌を取り出した。

「この本を拝見して来たんですよ」

「けど『料理春秋』の広告には住所も何も書いてないでしょ?」

こいしが微《かす》かに首を斜めに曲げた。

「大道寺さんが教えてくれたんですよ」

景子が微笑《ほほえ》んだ。

「茜さんと知り合いなんですか」

「五年ほど前にお仕事を一緒にしてから」

「雑誌の仕事とかしてはるんですか？」

こいしが景子の顔を覗《のぞ》き込んだ。

「そんなようなもんです」

景子が口の端で薄く笑った。

「ええなぁ、マスコミて華やかな世界なんでしょ？」

「そう見えるでしょうね」

景子は肩をすくめた。

改めて店の中を見回す。メニューもなく、レジらしきものも見当たらない。カウンター席の左右に出入口があり、右側には暖簾《のれん》が掛かっている。出入りの隙に見ると、立派な仏壇が鎮座している。なんとも不思議な店だと景子は首をかしげた。

「お待たせしましたな」

流が景子の前に黒塗りの折敷《おしき》を置いた。

「楽しみです」

景子が座り直して姿勢を正した。

「お飲みもんはどないしましょ？　冷えますしお酒でもお持ちしましょか」

こいしが訊いた。

「せっかくですから、少しだけ」

景子が微笑んだ。

「こいし、二階の冷蔵庫にたしか『谷風』が入ってるはずや。あれをぬる燗《かん》にして。信楽《しがらき》の徳利でな」

流の言葉にこいしがうなずいた。

「『谷風』を置いてらっしゃるんですか？」

大きく目を見開いて、景子は流に問いかけた。

「相撲が好きなもんでっさかいな。陸奥《むつ》の国の大横綱の名を付けた酒は欠かしまへん。邪道かもしれまへんけど、大吟醸を人肌くらいに燗すると味が丸うになって、ええもんです」

言い置いて、厨房に戻った流と入れ替わりにこいしが徳利を持って、景子の傍に立った。

「さっと湯煎しただけですねんけど、もうちょっと温めましょか」

「ちょうどいいかしらね」

徳利に手を触れて、景子が微笑んだ。

「今日は一段と冷えますさかいに、温《ぬく》いもんを温いままで食べてもらおうと思いましてな」

流が折敷の上に藁《わら》の鍋敷を置いた。

「覚悟はして来たんですけど、本当に京都って寒いんですね」

景子が信楽の徳利を傾けて、織部の杯に酒を注いだ。

「気分的には東北よりこっちの方が寒いそうですな」

大ぶりの炮烙《ほうろく》を鍋敷の上に置いて、流が景子に笑顔を向けた。

「お酒が美味《おい》しい」

景子がホッとため息を吐《つ》いた。

「この時季の旨《うま》いもんを、ちょこちょこと盛ってます。左の上から、三河湾で獲《と》れたフグの唐揚げ、加能蟹《かのうがに》の茹《ゆ》でたん、その右は鴨《かも》つくねと九条ネギの串焼き、グジの天ぷら。田楽味噌《みそ》を塗ってあるのは聖護院《しょうごいん》大根と粟麩《あわふ》、堀川ごぼうに射込んであるのは鱧《はも》の真蒸《しんじょ》。その下は蛤《はまぐり》の酒蒸し、金時人参《にんじん》と九条ネギの炊いたん、真魚鰹《まながつお》の西京焼です。炮烙の底に焼いた石を敷いてありますさかい、火傷《やけど》しはらんよう、気ぃ付けてくださいや」

炮烙の蓋を持ったまま、流が料理の説明をした。じっと聞き入っていた景子は、箸を持ったまま、目を左右に動かし、何度もうなずいた。

「どれからお箸を付けたらいいのか、迷いますね。決まった順番ってありますかしら」

「食べたいもんを、食べたいように召し上がってもろたらよろしい。決まりはおへん」

そう言って、流が厨房に戻って行った。

「お酒が足らんかったら言うてくださいね」

こいしが流の後を追った。

ほんのりと湯気の上る炮烙に顔を近付けて、景子は鼻を鳴らした。

「いい匂い」

手を合わせてから、最初に箸を付けたのはグジの天ぷらだった。抹茶塩をまぶした天ぷらを口に入れ、景子はうっとりと目を閉じる。二度、三度噛《か》み締めて、ふわりと頰をゆるめた。

「美味しい」

大根の田楽、フグの唐揚げ、真魚鰹と次々に口に運び、そのたびに景子は大きくうなずき、笑顔を見せた。

「お口に合うてますかいな」

銀盆に小皿を幾つか載せて、流が景子の傍に立った。

「どれも美味しいです。本当に」

景子が小さく頭を下げた。

「箸休めを置いときますわ。小鯛《こだい》の笹漬《ささづ》けを千枚漬けで巻いたん、モロコの南蛮漬け、黒豆の甘煮。ご飯が要るようやったら言うてください。今日は鰯《いわし》の身をほぐした炊き込みご飯を用意してまっさかいに」

流が銀盆を小脇に挟んだ。

「もう一本、いただいてもいいですか」

景子が徳利の首を指でつまんだ。

「もちろんですがな」

受け取って、流は厨房に駆け込んだ。

景子は串を手に取り、横にして口に挟んだ。

鴨のつくねから肉汁が溢《あふ》れだし、唇から顎へと伝う。慌ててバッグからハンカチを取り出して念入りに拭う。

「力のある酒やさかい、料理が負けてるかもしれまへんな」

徳利を傾けて、流が苦笑いした。

「いえいえ。いい勝負ですよ」

杯を受けて、景子が流に笑顔を投げた。

「お話もお聞きせんなりませんし、暫くしたらご飯をお持ちしますわ」

「よろしくお願いします」

景子がテーブルに指を揃《そろ》えた。

がらんとした店の中に、酒を注ぐ音だけが響く。景子は幾らか心を軽くし、天井を仰いで目を閉じた。

——寒空に　浮かぶ星ひとつ　きらきらと　わたしを向いて　光ってる——

消え入るような小声で口ずさむ。小節を利かせた歌詞が胸に何度もこだまする。

黒豆が箸からこぼれ落ち、景子は慌てて指でつまんだ。

音を立てて千枚漬けを噛んでいると、流が土鍋をテーブルに置き、しゃもじで小ぶりの茶碗《ちゃわん》にご飯をよそった。

「節分鰯と言いましてな、京都では節分の日に焼いた鰯を食べるんですわ。厄除《やくよ》けになります。食べた後の骨を柊《ひいらぎ》の枝に刺して、玄関先に吊《つ》るしとくと鬼が逃げて行きよりますねん」

流が飯茶碗を景子の前に置いた。

「うちの田舎では豆まきはしますけど、節分に鰯を食べた記憶はありません。でも美味しそう」

飯茶碗を手に取って、景子が鼻を鳴らした。

「土鍋ごと置いときますさかい、よかったらお代わりしてください。今お汁《つゆ》をお持ちします」

流が厨房に戻って行った。

ことのほか青魚が好きな景子は、勢いよく鰯ご飯をかき込んだ。刻んだ大葉とゴマの香りが余計に食欲をそそる。あっという間に平らげて、しゃもじを取った。

「鰯のつみれをお汁にしました。生姜《しょうが》と柚子《ゆず》をようけ絞ってますんで、温もると思います」

根来椀《ねごろわん》を置いて、流が蓋を取ると、湯気と共に柚子の香りが立ち上った。

「わたし鰯が大好きなんです。このご飯、とっても美味しいです」

大きく目を見開いて、景子が鰯ご飯をこんもりと飯茶碗に盛った。

「そない言うてもろたら嬉《うれ》しおす。どうぞ鍋底までさらえてください。おこげも出来てると思いますわ」

鍋の中を覗き込んでから、流はまた厨房に戻って行った。

椀を取って汁をゆっくりと啜《すす》ると、柚子の香りが鼻先をくすぐる。目を閉じてつみれを噛み締めると故郷の海が浮かんだ。さざ波のように懐かしさが口の中に広がっていく。潤んだ瞳がキラリと光る。

一瞬ためらった後、しゃもじで鍋底をこそげるように、鰯ご飯をさらえた。

やがて飯茶碗を空にすると、景子は手を合わせて箸を置いた。

「足りなんだんと違いますやろか。もうちょっと炊いといたらよかったですな」

常滑焼《とこなめやき》の急須を持って、流が景子の傍に立った。

「もう充分です。本当に美味しくいただきました。お腹いっぱい」

景子が腹をさすった。

「お気に召して何よりです。きれいに食べてもろて嬉しおすわ」

空になった土鍋を見て、流は笑顔を景子に向けた。

「大道寺さんから聞いてはいましたけど、素晴らしいお料理でした」

「西のヤツ、余計なこと言いおってからに。そない言うてもらうほど、大した料理やおへん」

流が照れ笑いを浮かべ、話の向きを変える。

「こいしが待ってますさかいに、そろそろご案内しまひょか」

「そうでしたね。肝心なことを忘れるところでした」

湯呑《ゆのみ》の茶を飲み干して、景子が腰を浮かせた。

「急《せ》かしてしまいましたな」

探偵事務所に通じる廊下を、流が先導して歩く。両側の壁に貼られた写真を興味深げに見ながら、景子がその後を追う。

「これ全部お作りになったんですか？」

「負けず嫌いな性分でしてな、頼まれたら意地でも作りますねん」

振り向いて流が笑った。

「このお寿司《すし》、美味しそう」

歩みを止めて景子が写真に目を近付ける。

「鰯の棒寿司ですわ。コハダみたいに酢〆《すじめ》にしましたんや。けど、ホンマに鰯がお好きなんですな」

流が立ち止まった。

「父が漁師でしたから、子供のころは毎日のように鰯を食べさせられて、イヤで仕方ありませんでした」

景子が苦笑いを浮かべると、ふたたび流は歩き出した。

「子供のころは嫌いやったのに、なんや歳取《とし》ると好きになって来る。味覚っちゅうのは、不思議なもんです」

流がドアを開けると、こいしが迎えた。

「どうぞお入りください」

「失礼します」

景子が敷居をまたいだ。

「そない端っこやのうて、真ん中に座ってくださいな」

ロングソファの隅に腰掛けた景子に、こいしが笑顔を向けた。

「なんだか気後れしてしまって」

景子が僅かに尻をずらした。

「面倒ですけど、ざっと記入してもらえますか」

向かい合って座るこいしが、ローテーブルに依頼書を置いた。

景子は揃えた両膝の上にバインダーを置き、ペンを走らせる。

「書き辛《づら》いとこは飛ばしてもろてもいいですよ」

景子のペンが止まったのを見て、こいしが声を掛けた。

「そうじゃないんですよ。自分の生年月日を忘れるなんて……。歳は取りたくないものです」

景子が口の端で笑い、書き終えたバインダーをこいしに手渡した。

「藤川景子さん。お仕事は音楽関係。マスコミと違うたんですね。失礼しました」

「似たようなものです」

「お住まいは東京の新宿ですか。高いビルがようけ並んでるんでしょうね。夜景とかきれいなんやろなぁ」

「ひとりで見てると寂しくなりますけどね」

景子が小さく吐息を漏らした。

「ご結婚はされてないんですね」

「その言葉すら忘れてしまって」

「うちと一緒やわ」

こいしが手を打った。

「あなたはまだ若いから。わたしみたいなオバアサンになってしまうと……」

「オバアサンやなんて、とんでもない。五十を過ぎてはるようには、全然見えしません」

「お世辞でも嬉しいですわ」

景子が首を傾けて微笑んだ。

「本題に入りますけど、何を捜したらええんです？」

こいしが膝を前に出した。

「天丼なんです」

「天丼？　天ぷらの載った丼ですよね。京都ではあんまり食べへんのですけど、やっぱり東京の人は好きなんですか」

「わたしは東京の人間じゃないんですよ。生まれは東北、石巻なんです。二十歳のときに東京に出て来て、こんなに美味しいものが世の中にあるんだ、と思ったのがその天丼なんです」

景子がこいしを真っ直ぐに見つめた。

「どんな天丼なんか、詳しいに聞かせてもらえますか」

ノートを広げて、こいしがペンを構えた。

「東京に出て来て、一年と少し経《た》ったころです。仕事がうまくいったご褒美だと言って、事務所の社長さんがご馳走《ちそう》してくださったんです。お店は浅草にありました」

「お店の名前は？」

「たしか『天ふさ』だったと思います」

「今はもう無いんですね」

「あったら食べに行けばいいのですもんね」

ふたりは顔を見合わせて笑った。

「何か特徴がありました？」

こいしが訊いた。

「天ぷらもですけど、特にタレが美味しかったんです。コクがあるって言えばいいのかしら。甘辛くて、でもあっさりしていて」

「けど、東京の天丼て、どこでも似たような味と違うんですか。うちらには考えられへんような、甘辛ぅて真っ黒けの濃いタレが掛かってる」

「それが違うんです。その後わたしも何軒か有名な天ぷら屋さんへ行って、天丼を食べたんですけど、何か物足りないっていうか、あのお店で食べた味とは違うんです」

「もうちょっと具体的に、何か覚えてはることありません？　実際に捜すのはお父ちゃんなんやけど、これだけではナンボお父ちゃんでも無理違うかな」

こいしが腕組みをし、首を斜めにした。

「海老《えび》と穴子と白身のお魚、青唐と海苔《のり》。天ぷらのタネは普通だったように記憶しています。タレの色は仰《おっしゃ》るほど黒くなくて、他のお店より薄い色だったような気がします」

天井を仰いで、景子が記憶の糸を辿《たど》っている。

「特に変わったもんは入ってへんけど、タレがよそと違う、と」

こいしがノートに書き付けた。

「そうそう、添えられたお汁がとっても美味し……」

景子の言葉が止まった。

「どうかしはりました？」

心配そうにこいしが景子の顔を覗き込んだ。

「さっきいただいたお汁、なんか似たようなお味だった気が……。懐かしいお味……。いや、違います。あの時は鰯じゃなかった。気のせいですね」

自分を納得させるように、景子は首を縦に振った。

「はっきりした場所は覚えてはります？　浅草ていうても広いやろし」

「観音さまの裏手にあったと思います。細い道で、たしか隣がお寿司屋さんだったような」

「それだけ美味しかったんやったら、もう一回食べに行こうと思わはらへんかったんですか。新宿に住んではったら、いつでも行けますやんか」

　こいしがもどかしげな顔をした。

「今度また仕事がうまく行ったら、食べに行こうと社長さんがおっしゃってくださって、きっとその日が来ると思っていましたから。ゲン担ぎっていう気持ちもあって……」

　ローテーブルに目を落とし、景子が小さく吐息を漏らした。

「ま、お父ちゃんやったら、なんとかして捜して来はるやろ」

「ありがとうございます」

　景子が顔を上げた。

「けど、なんで今になって、その天丼を捜そうと思わはったんです」

　一旦閉じたノートをこいしが開いた。

「故郷《くに》の両親も年老いて来ましたし、そろそろ帰ろうかなと……。その前にもう一度あの天丼を食べておきたいと思ったんです」

「そしたら心置き無《の》う、故郷に帰れるということなんや」

　こいしが二度ほどうなずいた。

「それと、作り方が分かったら、両親に食べさせてあげたいんです。あのとき、あんまり美味しかったんで、思わず家に電話したんです。東京にはこんな美味しいものがあるんだ、って。次の仕事がうまくいったら東京へおいでよ。最高に美味しい天丼を食べさせてあげるから、って言って、三十年も経ってしまいましたけど」

両肩をすくめ、景子が苦笑いを浮かべた。

「わかりました。なんとかお父ちゃんに頑張ってもらいますわ」

吹っ切るように、こいしはノートを閉じた。

「よろしくお願いします」

立ち上がって景子が頭を下げた。

「あんじょうお聞きしたんか」

パイプ椅子に腰掛けていた流が、新聞を畳んでこいしに顔を向けた。

「ちゃんと聞いていただきました。ただ、わたしの記憶が頼りないものですから、ご面倒をお掛けするかと思いますが、どうぞよろしくお願いします」

景子が深く腰を折った。

「どんなご依頼かは分かりまへんけど、せいだい気張らせてもらいます」

立ち上がって流が景子の目を見つめた。

コートを着て、景子が店の外に出ると、トラ猫が足元に駆け寄って来た。

「あら、可愛《かわい》い猫ちゃんだこと。お名前はなんて言うのかな」

屈《かが》み込んで猫の顎を撫《な》でた。

「ひるねて言うんです。こんな寒い日でも店に入れてもらえへん哀れな猫なんですよ」

こいしが流に鋭い視線を送った。

「食いもん商売の店に猫なんか入れられるかい」

流がにらみ返した。

「うちの田舎なんか家の周りは猫だらけですよ」

ひるねを抱き上げて、景子が目を細めた。

「旨い魚がようけあるさかいですやろな」

「そうなんです。猫って新鮮な美味しい魚をよく知っているんです」

「猫またぎ、て言うくらいやから、古なった魚はまたいで行きよる」

「匂いを嗅いで、プンと横を向くんです」

猫の真似をして、景子が笑った。

ふたりのやり取りが途切れるのを待って、こいしが口を挟む。

「次ですけど、二週間後くらいでよろしいですか」

「わたしは大丈夫ですけど……」

うなずいて、景子が流の顔を覗き込んだ。

「なんとかなりますやろ」

一瞬の間を置いて、流が笑顔を返した。

「うっかりしてました。今日のお食事代を」

ひるねを下ろして、景子がバッグから財布を取り出した。

「探偵料と一緒にいただきますさかい、今日はお気遣い無ぅ」

「分かりました。首を長くして待っております」

財布を戻して、景子がふたりを交互に見た。

「お気をつけて」

正面通を西に向かって歩く景子の背中にこいしが声を掛けた。

「こら。ひるね、店に入ったらアカンぞ」

流がひるねを牽制《けんせい》した。

「こんな寒い日くらいエエと思うんやけどな」

振り返りながら、こいしが引き戸を閉めた。

「ものは何や？」

パイプ椅子に腰掛けて、流が訊いた。

「天丼」

「そう来たか」

「年輩の女性やのに意外やろ？　たぶん海鮮系やろと思とった」

「藤川景子やったら、たぶん海鮮系やろと思とった」

「なんで名前知ってるん？」

手渡そうとしたノートを胸に抱き、こいしが目を剝《む》いた。

「知ってるも何も、誰が見ても藤川景子やろうが。おまえ、ひょっとして知らんと応対しとったんか？」

「もしかして有名人？」

「そうか、藤川景子を知らんか。一発屋やったさかいなぁ。気の毒なこっちゃ」

こいしの持つノートを取って、流がページを開いた。

「音楽関係、藤川景子……。そうか、思い出したわ。そんな歌手の名前聞いたことあるわ。なんちゅう歌やったかな」

こいしが眉を八の字にして、こめかみを押さえた。

「〈北のひとつ星〉や」

ページを繰りながら、流がぼそっとつぶやいた。

「どんな歌やった？」

「亡《の》うなった恋人が星になって見守ってくれてる、っちゅう切ない歌や」

「後で検索してみよ」

エプロンを着けて、こいしが厨房に入って行った。

頬杖《ほおづえ》をついて、流がノートに目を通している。パラパラとページを繰りながら、歌を口ずさむ。

「――お空の上で　あなたがわたしを見てるから――」

「なんや、その歌やったんか。お父ちゃん、ときどきお風呂で歌うてるやん」

暖簾を上げて、こいしが顔を覗かせた。

「お父ちゃんのお汁、て書いてあるけど、これは何のこっちゃ」

照れ隠しに流が問いかけた。

「あ、それ消しといて。さっき出したんが、天井に付いてきたお汁に似てるて言うてはったんやけど、やっぱり思い違いやったて」

こいしが暖簾を下ろした。

店の中は玄冬ならではの静けさに包まれている。洗い物の水音が厨房から響いて来る。

流はノートに目を落としたまま、じっと考え込んでいる。

「こいし、お父ちゃんな、東京行って来るわ」

茶を啜った後、流がノートを閉じた。

「東京やったら、うちも行きたい。一緒に行こか」

厨房から出て来て、こいしが目を輝かせた。

「足手まといや。それにお母ちゃんひとりにしたら、寂しがりよるがな」

「一緒に行ったらエエやんか。写真持って行こ」

「浅草にな、掬子の好きな寿司屋があるんや。連れて行ったろか」

「嬉しい。そうしよ、そうしよ」

こいしが抱きつくと、流は頬を赤く染めて念を押す。

「旅費はそっち持ちやで」

「お母ちゃん、笑うてるで。セコい人やなぁて」

「掬子に笑われとうないわ。しっかり財布握って、ちょびっとしか小遣いくれんかったんやから」

苦笑いして、流が窓の外に目を遣《や》ると、いつの間にか街は雪化粧していた。

2

京都駅の烏丸口を出て、景子は夕空に映える京都タワーを見上げた。前回よりは幾らか風も暖かい。勢いよくコートのジッパーを外して信号を渡った。

背筋を伸ばして大股で歩くうち、思ったよりも早く店に着いた。駆け寄って来て、ひるねが足元でじゃれつく。

「こんにちは、ひるねちゃん。風邪引いてない？」

屈み込んで、景子がひるねの背中を撫でる。

「寒いさかい、どうぞ中にお入りください」

引き戸を開けて、こいしが出て来た。

「この前よりはマシですよ。手袋も要らないくらい」

店に入るなり景子はコートを脱ぎ、手櫛《てぐし》で髪を直した。

店の中には香ばしいゴマ油の匂いが漂っている。コート掛けに吊るしながら、景子は鼻先を尖らせた。

「お待ちしとりました。最後まで揚げ加減には苦労しましたけど、なんとか完成しましたわ」

厨房から出て来て、流が白い帽子を取った。

「お父ちゃん、毎日天ぷら揚げてはりました。ひるねは揚げモンが大好きやさかい、ずっと店の前に居ますねんよ」

引き戸越しに外を覗いて、こいしが肩をすくめた。

「ご苦労をお掛けしました」

景子がふたりに頭を下げた。

「すぐにご用意しますんで、ちょっとだけ待っとってください」

流が厨房に急いだ。

「お茶でよろしい？　それとも……」

「今日はお茶にしておきます。味が分からなくなるといけないので」

こいしの問いかけに、景子は笑顔で答えた。

「藤川さんて有名な歌手やったんですてね。えらい失礼しました」

万古焼《ばんこやき》の急須を傾けながら、こいしが小さく頭を下げた。

「お若い方はご存知なくて当たり前ですから、お気になさらずに」

「お名前と歌が結び付かへんかったんですけど、〈北のひとつ星〉はよう知ってます。お父ちゃんが、しょっちゅうお風呂で歌うてはりますねん」

「ありがとうございます」

　茶を啜って、景子が静かに微笑んだ。

「こいし、そろそろいくで」

　厨房から流の声が響くと、こいしは慌てて箸置きと割り箸をセットした。

「天ぷらは揚げ立てをすぐに食べてもらわんとね」

「楽しみです」

　腰を浮かせて、景子が椅子を前に引いた。

「お待たせしましたな」

　朱塗りの丸盆に染付の丼を載せて、流が景子の真横に立った。

「いい香りだこと」

　景子がうっとりと目を細めた。

「お椀は後で持って来ますんで、先《ま》ずは丼を召し上がってください」

　流が蓋を取ると、ほんのりと湯気が上がる。手を合わせて景子は箸を取った。

「どうぞ、ごゆっくり」

流が厨房に戻り、こいしが後を追った。

掌《てのひら》にすっぽりと収まる小ぶりの丼鉢を前に、景子は姿勢を正《ただ》して海老天を口に運んだ。

中指ほどの才巻き海老を噛み締めると、口中に甘さが広がる。その香りが消えない内、青唐と一緒に、タレの染みたご飯を急いでかき込む。ふた口ほど噛んだところで、景子は目を輝かせた。

「この味、この香り。あの時と同じ」

ひとりごちて、丼鉢をテーブルに置くと、慌てて景子はバッグから白いハンカチを取り出した。目尻から涙が溢れ出すのに、一瞬遅れてハンカチを頬に当てた。

泣き笑いしながら、ハンカチを膝に置いて、景子が丼鉢をもう一度掌に載せた。

一匹付けの穴子は箸で半分に切って口に運ぶ。残った半分はご飯を包んで食べる。頬が緩み、泣き顔が笑顔に変わる。白身魚は小さな尾っぽまで丸ごと食べた。最後に残ったご飯を海苔でさらえて、ひと粒も残さず丼を空にした。

「合うてましたかいな」

銀盆に黒塗りの椀を載せて、流が景子の傍に立った。

「はい。あの時と同じ天丼でした」

景子が流を見上げた。

「よろしおした」

「あんまり美味しいので、お椀を待ち切れませんでした」

景子が照れ笑いを浮かべた。

「最初からそのつもりでしたんや。普通のお茶碗一杯分くらいしかご飯は入れてしませんしな。ここでお汁を飲んで、ひと息入れはったらお代わりをお持ちします」

空の丼鉢を銀盆に載せて、流が椀を景子の前に置いた。

「二度に分けて……。そこまで……」

「なんちゅうても天ぷらは揚げ立てが一番ですさかいにな」

笑顔を残して、流が厨房に戻って行った。

固く閉まった椀の蓋を取り、湯気と香りを楽しんでから、景子はひと口啜った。

透き通った吸い地は、丼と対照的に淡い味がする。中に浮かんだ丸い真蒸を齧《かじ》ると磯《いそ》の香りが鼻に抜けて行った。軸三ツ葉を吸汁と一緒に啜り込めば、海から野へと香りが移って行くようだ。なんと繊細な味わいなのだろう。半分ほど残して、景子は丁寧に蓋をした。

「お代わりをお持ちしましたで」

流が丼鉢を置いた。

「幾ら小ぶりだとは言え、二杯も丼をいただくなんて。なんだか若いころに戻ったみたい」

景子が薄《うっす》らと頬を染めた。

「何やったら三杯目も作りまひょか」

ふたりは顔を見合わせて笑った。

「さっきと同じですよね」

蓋を取って、景子が不思議そうな顔をした。

「ゆっくり食べてください。今、お茶をお持ちします」

流が厨房に戻って行った後、景子はさっきと同じように丼鉢を掌に載せ、鼻先に近付けた。香ばしい匂いは同じようでいて、少し違うような気もする。才巻き海老を口に入れ、タレの染みたご飯を食べ、穴子を箸で半分に切って……。しみじみと味わいながら、ゆっくりと食べる。ときどき椀を取って、吸汁を啜る。真蒸を食べ切る。また丼に戻る。最初の丼も二杯目も同じように美味しい。だが、吸物の味がどことなく違って感じる。同じ椀のはずなのに。不思議を感じながら二、三度繰り返す内、知らずどちらも空になった。

「綺麗《きれい》にさらえてもろて。嬉しおすわ」

流が京焼の急須を傾け、ほうじ茶を注いだ。

「お腹いっぱいになりました。懐かしいだけじゃなく本当に美味しい天丼でした」

景子が手を合わせた。

「よろしおした」

流が大きくうなずいた。

「どうやって見つけてくださったんです?」

信楽焼の湯呑を両手で包み込むようにして、景子が訊いた。

「現地調査です。お父ちゃんは現場主義ですよって。うちも付いて行ってあげたんですよ」

透明のファイルケースを胸に抱いて、こいしが厨房から出て来た。

「来ぃでもええのに、こいつまで付いて来よって。足手まといもエエとこですわ」

ファイルケースを引ったくるようにして、流が顔をしかめた。

「うちが居ぃひんかったら、反対方向の地下鉄に乗ってたくせに、よう言うわ」

「浅草の店は『天ふさ』に間違いありませんでした。店を閉めはったんが今から十二年前ですわ。この店ですやろ？」

　こいしの言葉をスルーして、流がファイルケースを開いて見せた。

「そうです、そうです。たしかにこんなお店でした」

　景子が身を乗り出した。

「商店街の会長さんからお預かりして来た写真です。『天ふさ』のご主人は上総《かずさ》の一宮《いちのみや》の方でしてな、隣にあった『総寿司《ふさ》』は弟さんの店でしたんや。『天ふさ』の〈ふさ〉も『総寿司』の〈総〉も郷里の地名から名付けはったんでしょうな」

　流がファイルケースを繰った。

「うちの事務所の社長も千葉の館山《たてやま》出身でしたから、何か繋《つな》がりがあったのかもしれませんね」

「十二年前に『天ふさ』のご主人が病気で亡くなって、弟さんもその時一緒に店を畳まはったんですが、郷里に戻って『総寿司』の名前でお寿司屋さんを開かはったんですわ。会長さんが場所を調べてくれはりましてな、千葉まで行って会うて来ました」

　景子の向かいに座り込んで、流が地図を広げた。

「その時も反対方向に乗るとこやったんですよ」

　こいしが景子に目配せした。

「余計なこと言わんでええ」

眉を八の字にしてから、流が続ける。

「浅草時代もそうやったらしいんやが、『総寿司』の名物は〈上総めし〉ですねん」

「〈上総めし〉?」

景子が訊いた。

「深川めしはご存知ですか?」

「あの、アサリの載った?」

「そうです。そのアサリを蛤に置き換えてどんぶり飯にしたんを〈上総めし〉と名付けて、『総寿司』の名物にしてはったんやそうです。郷里の九十九里浜は蛤の名産地ですしな。えらい人気やったそうで、今で言う、行列の出来る店ですわ」

「それとこの天丼がどういう?……」

不思議そうな顔をして、景子が流に疑問を投げた。

「〈上総めし〉は煮た蛤を載せただけのシンプルなもんやったそうです。酒、味醂《みりん》、醤油《しょうゆ》でさっと蛤を煮る。『総寿司』ではその時の煮汁を煮詰めて、穴子や蛤の握りに塗る煮ツメにしてはった。けど、〈上総めし〉が人気やさかい、煮汁が余ってしゃあない。それを勿体《もったい》無いというて、お兄さんが『天ふさ』の天丼のタレに混ぜはった。

弟さんがそのタレの作り方を教えてくれはりました」

ファイルケースの中から〈上総めし〉の写真を探し出して、流が指で差した。

「あの天丼のタレは蛤の味だったんですか」

景子が写真をじっと見つめた。

「『天ふさ』のお汁も蛤の出汁です。具の真蒸も教わった通り、蛤と白身魚で作りました。そうそう、偶然ですけどな、この前お出ししたお汁も、酒蒸しにした蛤の出汁を使いましたんや。あの時の具は、あなたの故郷石巻でようけ獲れる鰯のつみれ。そこに蛤の味がしたさかいに、余計に懐かしいと感じはったんですやろ。鋭い味覚してはります」

「……」

景子の心の中で時計の針が巻き戻されて行く。

「揚げ油はゴマ油が七で、サラダ油が三の割合。コロモは少し厚めですかな。ネタは何でもええのと違いますか。丼のタレもそない難しいことおへん。ざっとレシピを書いておきましたんで、ご両親にも作ってあげてください」

ファイルケースを流がテーブルに置くと、景子は手に取ってじっと見つめている。

「もう一度ヒット曲を出すまで帰って来るな、と父はずっと言い続けて来ました。母は、歌だけが人生やないから、いつでも帰っておいで、と言ってくれていて、ずっと迷ってばかりで……」

景子が天井を仰いだ。

「ええご両親ですな」

流も同じように顎を上げた。

「迷い続けて三十年。たった一曲にしがみついて……。わたしバカみたい」

景子が目尻を小指で拭った。

「難しいことはよう分かりまへんけど、数の問題やないと思います。歌う側のあなたにとっては、たった一曲かもしれませんが、聴く方は一曲でも充分やと思うてます」

やさしい笑顔を流が景子に向けた。

景子は言葉を見つけられず、そっと唇を噛んだ。

「たった一曲の歌で壁を乗り越えられたり、生きる勇気をもらう人間も、世の中にはたくさん居るんでっせ。わしもそのひとりですけどな」

流の言葉と、厨房の奥に見えていた仏壇が、景子の胸の中で重なった。

「――泣くのはよそう　明日を待とう……。しょっちゅうお風呂から聞こえてくるさかい、うちも覚えてしまいましたわ」

歌を口ずさんで、こいしが笑った。

「――お空の上であなたが見てるから　いつも必ず見てるから……」

景子が続きを歌う。

「やっぱり本物は違うなぁ」

聞き入ってこいしが手を叩《たた》いた。

「ありがとうございます。でも、何だかまた迷っちゃいそう」

目尻をハンカチで拭いながら、景子が笑顔を見せた。

「迷わん人生てなもん、どこにもありまへん」

流の言葉を景子は何度も胸の中で繰り返している。

「けど、合うててよかったです。お父ちゃんに言われて試食したとき、ホンマにこんな味やったんやろか、て思いましたわ。ちょっとクセがあるていうか、天丼らしないなぁて」

こいしが景子の湯呑に茶を注いだ。

「関西の天丼ってすごい薄味ですもんね」

茶を啜って景子が言った。

「関東風と違うて、見た目も白っぽいですしな」

流が言葉を足した。

「ありがとうございます。この前の分と合わせてお代を……」

バッグから財布を取り出して、景子が流に顔を向けた。

「お気持ちに見合うた分だけ、ここに振り込んでもらえますか」

こいしがメモを手渡した。

「承知しました。すぐにでも」

丁寧に折り畳んだメモを財布に仕舞ってから、景子はゆっくりと引き戸を開けた。

「ひるねちゃん、いつも美味しいもの食べられていいわね」

駆け寄って来たひるねを景子が抱き上げる。

「メタボ猫になったらアカンて言うて、好物の揚げモンは食べさせてもらえへんのですよ。可哀《かわい》そうに」

こいしが恨めしそうに流に視線を送った。

「寝てばっかりで運動しよらへんから、しょうがないやないか」

流が口を尖らせた。

「少しくらいならいいんじゃありませんか。さっきのお丼みたいな」

ひるねを下ろして、景子が流に言った。

「ですよねぇ」

こいしが調子を合わせた。

「お世話になりました」

一礼して、景子が正面通を西に向かって歩き出す。ふたりが並んで見送る足元にひるねが寝そべっている。

「さっきの天丼ですけど……」

立ち止まって景子が振り向いた。

「何です？」

流が一歩前に出た。

「お代わりをいただいた時、少し味が違うように思いましたが……」

「おっしゃるとおりです。お代わりの方は蛤のタレを使わんと、別のタレを作りました。懐かしいだけでは飽きてしまいますさかいに」

景子は胸の中で、流の言葉をじっくりと噛み締めている。

「同じ天ぷらでも、ちょっと味付けが変わるだけで新鮮に感じるもんです。人間の感覚っちゅうのは不思議なもんですなぁ」

景子の目を真っ直ぐに見て、流が背筋を伸ばした。

「心いたします。ありがとうございます」

景子が深々と頭を下げ、西に向かって大股で歩き始めた。

「どうぞお元気で」

宵闇の背中に流が声を掛け、こいしが手を振った。


「寒い、寒い。早ぅ中に入ろ」

両手をもんで、こいしが背中を丸めた。

「若い女がそんな不細工な格好せんとけ。藤川はんみたいに颯爽《さっそう》と歩かなアカンで」

ひるねをひと睨みしてから、流が店に入った。

「この前に来はった時とは別人みたいやったな」

こいしが後ろ手で引き戸を閉めた。

「昔の恋人に会うような気持ちになってはったんやろ」

流が厨房に入って行った。

「懐かしいだけやと飽きるんやて、お母ちゃん」

後に続いたこいしが仏壇に向かって声を上げた。

「掬子のこと言うてるのと違うがな」

線香を上げて、流が手を合わせた。

「今夜はやっぱり天丼にするん？」

後ろに座って、こいしが訊いた。

「天丼だけでは飲めんやろ。牡蠣《かき》とメゴチ、板屋貝もあるさかい、揚げながら食べよか」

「ええなぁ。けどカセットコンロのガスが切れてるんよ」

こいしが上目遣いに流を見た。

「買うて来るがな」

ダウンジャケットを羽織って、流は店を出た。

東から比叡颪《ひえいおろし》が吹き渡ってくる。二、三度身震いして、ポケットに両手を入れた。

暗い夜道に窓から漏れる灯《あか》りが映る。団欒《だんらん》の声が通りに響く。白い息を吐きながら、流は夜空を見上げた。

――寒空に　浮かぶ星ひとつ　きらきらと　わたしを向いて　光ってる　明日またねと　光ってる――

ニャー。

歌が途切れるのを待っていたかのように、遠くでひるねがひと声鳴いた。

本書のプロフィール
本書は、二〇一四年八月に小学館より単行本として刊行された作品を加筆修正し文庫化したものです。

小学館文庫

鴨川食堂《かもがわしょくどう》おかわり

著者　柏井壽《かしわいひさし》

二〇一五年十一月十一日　初版第一刷発行
二〇一六年二月一日　第三刷発行

発行人　菅原朝也
発行所　株式会社 小学館
〒一〇一-八〇〇一
東京都千代田区一ッ橋二-三-一
電話　編集〇三-三二三〇-五九五九
販売〇三-五二八一-三五五五
印刷所 ——— 図書印刷株式会社

この文庫の詳しい内容はインターネットで24時間ご覧になれます。
小学館公式ホームページ　http://www.shogakukan.co.jp

ISBN978-4-09-406228-1